KB004822

문장의 무게

마인드큐브 책은 지은이와 만든이와 읽는이가 함께 이루는 정신의 공간입니다.

문장의 무게

최인호

마인드큐브

문장은 무겁다.
여백이 있기 때문이다. 여백은 문장의 존재 근거다.
그것은 문장을 품은 산이며 바다이자 우주다. 그 속
에는 태초의 시간과 공간이 있고, 눈앞의 경험과 감
각이 녹아 있으며, 아직 도착하지 않은 별빛들이 숨
어 있다. 하지만 이런 것들은 보이지 않는다. 그렇다
고 존재하지 않는 것이 아니다. 단지 느끼고, 상상하
며, 곱씹는 사람들 앞에만 나타날 뿐이다.

　　　　　　　　하지만 단어들의
연결이 무조건 문장이 되는 것이 아니며, 문장이라고
반드시 여백을 가지는 것 또한 아니다. 아무리 많은
단어를 연결한다고 할지라도 문장에 무게가 없다면,
그것은 여백을 갖지 못한 하나의 단어에 지나지 않는
다. 여백은 만드는 것이 아니다. 저절로 생기는 것이
다. 추사의 세한도처럼 말이다.

무거운 문장들,
그것의 여백은 어떤 미인의 유혹보다도 강했다. 그것은 거부할 수 없이 매혹적이었다. 알베르토 카뮈의 문장과 사무엘 바게트의 대사들, 심보르스카의 시행들 그리고 《문장의 무게》에 실린 작가들의 문장이 모두 그러했다. 그들은 첫 키스보다 진할 떨림을 내게 주었고, 나는 그 문장들의 여백 속에서 열병을 앓듯 젊은 날을 보냈다.

《문장의 무게》에 무게를 담지는 못했다. 따라서 여백도 만들지 못했다. 아마도 〈하나의 단어〉라고 말해야 할지도 모르겠다. 하지만 《문장의 무게》에서 작은 여백이라도 느끼는 사람이 있다면, 나는 그의 삶을 내 문장의 커다란 여백이라고 부를 것이다.

2022년 최 인 호

내가 이룩해 놓은 것은 고독뿐이다.

《일기》, 프란츠 카프카

01

"항상 존재하는 것은 방 안에 갇힌
　세계이다."

"나는 오히려 혼자 있어야 한다. 내가 이룩해 놓은 것이라곤 고독해진 것뿐이다."

무엇이 카프카를 그렇게 고독하게 만들었을까? 왜, 그는 자신에게 고독을 명령했을까?

이 문장에서 나는 역설을 보았다. 카프카를 고통 속으로 밀어 넣은 것은 '고독' 그 자체가 아니라 사람에 대한 그리움의 열병이었다는 것을. 그는 그리움을 파괴하기 위해 고독을 불러들였고, 그렇게 고독은 그가 되었다. 그는 유대인 그리고 폐결핵이라는 두 가지 질병을 앓고 있었다. 그 두가지는 운명의 낙인인 양 그의 곁을 떠나지 않았다. 그의 핏속에 고독이 단단한 씨앗으로 들어앉아 있었다. 그것들이 그의 불안을 만들었다.

그의 소설 《변신》에서 어느 날 벌레로 변한 주인공 그레고리는 잠자는 카프카 자신이었다. 그는 가족을 위해 일을 하면서 고독을 잠시나마 벗어날 수 있었고, 그렇게 그는 실존했다. 그의 본질은 없었고 가족이라는 관계만이 그를 고독으로부터 잠시나마 떼어낼 수 있었다. 하지만 그는 그의 본질로부터 소외되었고 그로 인한 고통은 그를 벌레로 만들었다. 결국 그는 가족들로부터 소외되었고 방 안에 혼자 갇히고 말았다.

"항상 존재하는 것은 방 안에 갇힌 세계이다."라는 그의 말이 그대로 실현된 것이다. 가장 가까운 사람들에게 마저도 버림을 받아야 하는 그의 모습은 고독 그 자체다. 벌레는 고독이다. 사람들과 다른 자신의 모습, 유대인 그리고 폐결핵이라는 다름의 병원균이 그를 벌레로 만든 것이다.

우리는 모두 벌레다. 누에고치의 애벌레다. 자신의 심연에 가득 찬 고독을 토해내지만 그것은 결국 자신을 사람들로부터 차단하는 단단한 벽, 고독이 될 뿐이다. 우리는 누군가에게 질문한다. 하지만 답은 오지 않는다. 모두 질문만 할 뿐이다. 질문은 누에고치가 토해내는 실이다. 대답을 얻지 못한 질문들은 나를 감싸며 조여 오는 고독이 된다. 그래서 우리는 방 안에서만 존재해야 하는 세계다.

그 속에서 우리는 운다. 이유 없이 하루에도 몇 번씩 운다. 하지만 아무도 울음소리를 듣지 못한다. 고독이 소리를 먹어버리기 때문이다. 애벌레의 주름은 그 소리를 먹고 자란다. 그렇게 불안은 고독으로 깊어지고 늘어만 간다.

고독에 갇힌 우리는 심판대 위에서 판결을 기다리는 죄 없는 피의자가 된다. 누가 고소했는지 무엇 때문에 고소당했는지 아는 것이 아무것도 없다. 그저 심판을 기다릴 뿐이다. 카프카의 《심판》에서 요제프 K가 그랬듯이 우리는 체포되지 않은 자유로운 상태에서 아무것도 아닌 듯이 재판장을 들락거린다. 재판장은 우리의 삶이다. 재판관들은 나를 체포한 것이 아니라 나의 세계를 구속시킨 것이다.

그런데 이상한 것은 재판관이 보이지 않는다. 그래도 판결은 내려질 것이며, 그것도 독방에 장기 수감 될 것이다. 무서운 형벌이다. 면회는 금지되고, 밤 늦도록 잠들 수도 없으며, 내가 할 수 있는 일은 오직 커튼으로 빛을 막는 일뿐이다. 악몽이 대낮보다 더 선명하다.

어느 날 독방의 창가에 비친 그림자를 보았다. 그는 나에게 중형을 선고한 재판관이었다. 그런데 놀라운 것은 그가 '나'를 닮았다는 점이다. 그는 주름이 많았고, 눈가에는 패배의 그림자가 짙게 드리워져 있었고, 구부정한 다리들이 방향을 잃은 채 우왕좌왕하는 꼴이 분명 흉물스러운 벌레였다.

나는 그에게 물었다. "나를 무슨 죄로 여기에 가두었소?" 그러자 심판관은 우울한 표정으로 대답했다. "당신은 불치병 환자이기 때문이지." 나는 그에게 되물었다. "내가 도대체 무슨 불치병을 갖고 있다는 겁니까? 그리고 만약, 내게 정말 그런 병이 있다면 병원에 보내야 하지 않을까요?" 그의 대답은 의외였다.

"당신의 병은 남과 다르면서도 그것을 고치려 하지 않는다는 것이지. 그 병은 병원에서도 치료 불가능한 것이네." 그는 먹구름 속으로 사라졌고, 나는 오래도록 그의 말을 되새기며 멍하니 서 있었다.

'그렇다면, 다르다는 것은 곧 죄인이 되는 것이고, 독방 신세는 당연한 것인가? 하지만 다르지 않은 이가 있을까? 과연 '나' 아닌 사람이 존재할 수 있을까?'

꿈이었다. 모든 것이 한낮의 꿈이었다. 감기를 심하게 앓았다. 고열이 악몽을 만든 것이리라. 하지만 나는 꿈속에서 분명하게 보았다. 고독의 옆자리에 그리움이 앉아 있는 모습을. "저는 그를 알기 전부터 그의 불안을 익히 알고 있었습니다...... 그런데 그가 제 곁에 있었던 나흘 동안 그에게는 불안이 없었습니다. 우리는 불안을 비웃었어요. 긴장이라고는 조금도 필요치 않았어요. 모든 것이 간단하고 분명해졌어요...... 나흘 동안 그의 병은 그저 가벼운 감기 같은 것일 뿐이었습니다."●

● 《카프카의 일기》 중에서

불안 속에서 당당했던 고독도 또 다른 고독을 만
난다면 몇 번의 기침과 함께 뱉어질 수 있으리라. 그
래 고독은 감기 때마다 동반되는 고열일지도 모르겠
다. 그것은 불치병이 아니다. 단지, 그것은 누구에게
나 불규칙적으로 찾아오는, 그래서 누구도 피할 수
없는 감기다. 나를 외면하는 것들, 나의 소리에 귀를
닫은 사람들이 감기 바이러스다.

우리 안에 감기로 들어앉은 고독은 언제나 기만 당하기를 원한다. 비합리적이거나 비도덕적인 사람들의 순수한 감정에, 그 항체에 찢김 당하기를 바라고 있다. 하지만 그런 사람들은 이제 그리움으로만 남아 있다.

모두가 합리적이고 도덕적인 사람이 되기 위해 노력하는 시대라니. 그러니 고독이 우리의 영혼을 더 자주, 더 심하게 흔들어 놓을 수밖에.

이제 고독, 그 감기는 환절기에만 찾아오는 가벼운 질병이 아니다. 만성화된 고질병이다. 그렇다면 꿈에서 재판관이 내게 한 말은 모두 사실이다. 나는 그리고 우리는 한 마리의 벌레다. 재판관을 닮은 벌레.

사랑은 은유로 시작된다.

《참을 수 없는 존재의 가벼움》, 밀란 쿤데라

"당신의 힘을 가끔
　내게 쓰지 않는 이유가 뭐야?"

"사랑한다는 것은 힘을 포기하는
　것이기 때문이지."

너무나 투명한 언어들이 여기저기 날아다닌다. 투명한 것은 무게가 없다. 그것들은 참을 수 없을 정도로 가볍다. 속이 훤히 들여다보이는 언어들, 그것들은 깨지기 쉽다. 깨진 것은 사라지는 것이 아니다. 그것은 파편이 되어 상대의 가슴에 뿌리를 내린다. 그런 사랑은 아프다. 상처투성이다. 하지만 상대의 마음이 보이지 않을 때, 볼 수 없을 때 사랑은 깊어진다. 애매한 단어들 속에는 시간의 거리가 들어있다. 그 단어, 은유적 단어를 풀어야 하는 고뇌의 시간이 사랑의 길을 만들어준다. 그 길 위에는 단어가 주는 애매함만큼이나 예측할 수 없는 다양한 감정들이 혼재해 있다. 하지만 어떤 감정도 나쁜 것은 없다. 애매한 것들이 갖는 개방성은 오히려 사랑하는 이를 정형의 틀 속에 가두려는 고집스럽고 악마적인 본능과 싸울수 있는 힘이 되어 주기 때문이다. 애매한 언어, 명백해 보이지만 쉽게 읽을 수 없는 몸의 유혹이 시적 은유로 그녀에게로 걸어간다.

왜, 밀란 쿤데라는 소설 속 등장인물들의 삶을 가볍게, 그토록 가볍게 만들었을까?

토마시는 '성적인 우정(erotic friendship)'이라는 신념으로 많은 여성들과 육체적 사랑을 나눈다. 하지만 테레사와 결혼한 후에도 그의 '성적인 우정'에 관한 신념은 깊게 박힌 가시처럼 뽑히지 않는다. 새로운 여인 사비나와 '성적인 우정'에 빠져 살아간다. 사비나 역시 프란츠라는 유부남과 연애를 하면서도 테레사의 육체를 거부하지 못한다. 이 둘의 행위는 육체적 탐닉에 묶인 가벼운 것, 참을 수 없이 가벼운 존재들의 행위이다. 밀란 쿤데라는 그것의 이유를 니체의 '영겁 회귀' 사상에서 찾은 듯 보인다. 'Einmal ist keinmal, 한 번 일어난 것은 한 번도 일어나지 않은 것과 같다.'

"……그런데 초인에게는 인간이 바로
그와 같은 웃음거리이며,
보기 흉한 수치의 표적이다.

그대들은 벌레에서 인간에 이르는 길을 걸어
왔지만, 그대들 내부에는 아직도 많은 벌레로
가득 차 있다.

그대들은 일찍이 원숭이였으며,
지금도 인간은 어떤 원숭이보다
더한층 원숭이인 것이다."●

● 《차라투스트라는 이렇게 말했다》, 니체

육체적인 것으로서의 가벼움, 훤히 드러나 보이는 투명성의 기호인 동시에 어디에도 감출 수 없는 육체적 행위들을 동물적인 것으로의 퇴보, 곧 니체가 말한 회귀의 과정으로 본 것은 아닐까. 니체의 허무주의는 '모든 것이 사라짐'에 대한 부정적 감정으로서의 인식이 아니다. 모든 것이 영원히 사라지지 못하고 윤회해야만 하는 무거움에 대한 저항이었던 것이다. 그 저항의 무기, 윤회를 끊어낼 수 있는 길은 오직 '참을 수 없이 가벼운 육체적 사랑'이라 생각했던 것이리라. 반복적인 삶이 던져 준 무게감, 즉 나아감이 곧 돌아옴이며 돌아옴이 다시 나아감이라는 굴레는 허무의 고통만을 불러낼 뿐, 변화가 갖는 생의 의지를 만들지 못한다.

그렇다면, 우리는 무엇의 무거움에 힘겨워하고 있는 걸까? 아무리 앞으로 나아가도 언제나 제자리에 머물러 있는 자신의 삶 혹은 과거보다 더 뒤로만 떠밀려가는 모순의 위치들. 오, 니체의 '영겁회귀'와 같은 이 삶의 무게를 누가 벗어날 수 있을까.

그렇다면 삶을 외면하자. 우리에겐 사랑이 있지 않은가? 그것도 '참을 수 없이 가벼운' 사랑이 우리를 기다리고 있지 않은가? 한없이 투명한, 그래서 그 속에 어떤 것도 가질 수 없는 육체적 사랑이 우리의 삶을 가볍게 공중으로 띄워줄 수 있으리라.

밀란 쿤데라가 '소련의 침공과 민주화의 억압'이라는 삶의 무게, 그 속에서 그 무게를 고스란히 받아내야만 하는 지식인의 고뇌, 그것들의 무게를 아무것도 아니라는 듯이 덮어버린 은유적 기만으로서의 육체적 사랑을 통해 '프라하의 봄'을 갈구했듯이 우리도 뜨거운 사랑을 해야 한다.

"당신의 힘을 가끔 내게 쓰지 않는
  이유가 뭐야?"
"사랑한다는 것은 힘을 포기하는 것이기
  때문이지."●

  프란츠의 말처럼 우리의 사랑에서 힘을 빼자. 영
혼에 깃든 악마를 먼저 죽이고 육체를 파닥이게 하는
본능의 언어를 앞세워 누군가에게 다가가자. 그 언어
는 삶의 형태에서 벗어난 가벼움의 시작이다. 몸이
먼저다. 그것은 은유다. 몸의 언어에 익숙하지 않은
'나'에게 그리고 '그들'에게도 힘을 뺀 몸의 언어는 당
혹감 혹은 감추고 싶은 환희를 불러일으킬 것이다.
직설적인 몸의 언어는 명백한 의미를 보여주는 것임
에도 불구하고 '그들'에게는 해석이 필요한 은유의 시
가 된다.

● 《참을 수 없는 존재의 가벼움》, 밀란 쿤데라

해석의 시간은 삶의 무게와 의무를 잊게 만든다. '그들'의 해석은 고스란히 몸의 언어로 내게 되돌아온다. '나'에게도 시가 다가오고 삶의 무게가 밀려나는 시간이 만들어진다.

'절름거리며 걷기보다는 둔탁하게라도 춤을 추는 것이 낫다.'라는 니체의 생각처럼 사랑 없이 삶의 무게로 비틀거리기보다는 비록 가벼워 보이고 우습게 보일지라도 가벼운 사랑으로 삶을 춤추게 하는 것이 더 나으리라. 투명한 육체의 사랑, 그것은 아름다움 속에서 기생하고 있는 온갖 것들의 투쟁으로부터의 해방이다. 마그리트 뒤라스가 열광했던 그 육체적 사랑에의 전율은 우리의 고뇌를 앗아가기에 충분하다.

> "만약 당신이 육체의 욕망에 전적으로 복종할 필요를 느껴보지 못했다면, 다시 말해 격정에 휘말려 본 적이 없다면 당신은 삶 속에서 아무것도 체험할 수 없을 것이다."

하지만, 어쩌면 육체적 사랑의 탐닉은 존재의 기준이나 실존적 삶으로서의 '나'를 파괴할지도 모른다. 삶의 저편과 이편은 분명히 다르기 때문이다. 저편은 누구의 시선도 없는 오로지 육체적 언어의 은유적 눈물과 웃음의 환희만이 '나'를 지배한다. 은유의 삶 속에서는 오히려 명백한 것들은 파괴되고 모호한 것들이, 미래조차 불투명한 것들이 우리의 존재를 보장해 준다. 그녀의 손끝으로 전해지는 모호한 떨림이 심장의 파동을 일으켜 삶의 에너지를 만드는 순간, 명백하게 나를 누르는 삶의 무게는 무의미한 것들로 변해 버린다. 어떤 것도 결정된 것이 없는, 그래서 구속될 수 없는, 그 모호함이 주는 자유는 무엇보다 가벼우리라.

삶의 가장 큰 재앙은 아무도 사랑하지 않는 것이
리라. 사랑이 비록 육체적이고 사악해 보일지라도 언
제나 그것은 우리의 심장을 뛰게 하고 있지 않은가?

그녀의 떨리는 숨결보다 아름다운 운율은 없으
리라.

사랑은 도덕적인 것이 아니라
도덕의 공포로 인해
비도덕적인 것이 되어가는 것이지요

《안나카레니나》, 톨스토이

"도덕은 내일을 생각하지만
사랑은 오늘만 생각합니다.

사랑에는
시간이 존재하지 않습니다.

오직 시간의 진공상태에서만이
사랑은 존재할 수 있습니다."

"안나, 당신은 그렇게 꼭 기찻길 위로 자신의 몸을 던졌어야만 했나요? 당신의 그 행동은 결코 옳지도 그리고 필요하지도 않았다고 생각합니다." 레빈은 화가 난, 하지만 연민의 어투로 그녀에게 물었다.

　"레빈, 당신은 당신의 아내를 지금 사랑하고 있다고 맹세할 수 있나요?" 그러자 레빈은, "당신의 죽음과 내가 나의 아내를 사랑하는 것이 도대체 무슨 상관이죠?" "그것은 당신이 내게 나의 죽음을 옮음이라는 도덕과 필요성이라는 목적성에 관해 물었기 때문입니다."라고 안나는 대답했다.

　"당신은 도덕과 사랑이 같다고 생각하시나요? 혹시 그렇다고 생각하신다면, 아마도 당신은 나의 죽음을 영원히 이해하지 못할 겁니다." 안나의 말은 레빈의 시선을 그녀의 눈으로 끌어당기기에 충분했다.

안나는 레빈의 대답을 기다릴 필요도 없다는 듯 강경한 목소리로 레빈의 가슴을 세차게 때려 눕혔다. "레빈, 당신은 아마도 당신의 아내를 사랑하고 있지 않는 것 같군요. 아마도 당신은 가정을 지켜야 한다는 의무감과 신의 뜻을 거스르는 행위가 두려워서 당신의 아내를 당신이 기르고 있는 젖소들처럼 단지 보호하고 있는 것 아닌가요? 아니면 당신의 아내에게 당신의 시간과 삶을 희생하고 있다고 생각하며 그녀로부터 '존중'을 받으려 하는 것인가요" 레빈의 흔들리는 눈빛이 그녀에게 포착되자 그녀는 계속해서 레빈을 몰아붙였다. 마치 며칠을 굶은 삵이 닭을 쫓는 것처럼 말이다.

"존중은 말이죠. 사랑이 있어야 할 텅 빈 자리를 감추기 위해 사람들이 궁리해 낸 것에 지나지 않아요."[●] 그녀의 말대로라면, 사랑이 없는 자리에 그래서 언제든 끊어질 수 있는 위험한 관계를 도덕이라는 허울이 불안하게 그것을 연결하고 있는 것이다.

● 《안나 카레니나》, 톨스토이

"아닙니다. 분명, 저는 아내를 사랑하고 있습니다. 저는 분명 이렇게 행복한 것도 아내에 대한 사랑 때문이라고 생각합니다." 안나는 화가 난 듯 레빈에게 소리쳤다. 혹시 "당신은 사랑과 도덕을 혼동하고 있는 게 아닐까요. 사랑은 감정의 문제이지, 결코 의무감이나 타인에 의해 감시되고 통제되는 이성의 행위가 아닙니다. 아시겠어요?" 무언가를 생각하며 머뭇거리고 있는 레빈에게 안나는 레빈이 찾고 있던 것이 무엇인지 알려주듯 말했다. "당신이 예전에 한 말을 나는 기억합니다. 이성은 다른 사람들을 사랑하라는 결론에 이를 수 없어. 그것은 비이성적이니까. 그것은 이성의 오만일 뿐 아니라 이성의 우둔함이지. 무엇보다 속임수, 그래 바로 이성의 속임수야. 다름 아닌 이성의 사기이지.*라고 말하지 않았습니까?"

● 《안나 카레니나》, 톨스토이

레빈의 입술은 살짝 떨렸다, 하지만 무언가를 벼르고 있는 사람처럼 어금니를 꽉 깨물어 그의 표정은 마치 성난 황소처럼 보였다. "당신은 내가 심장이 없는 사람처럼 보이나 봅니다. 하지만 들끓는 심장만이 사랑은 아닙니다. 오히려 그것은 사랑이라기보다 분별없는 열정에 지나지 않습니다. 당신은 당신이 사랑이라고 생각하는 극단적 감정이 당신뿐만 아니라 두 남자의 삶도 부숴 버렸다고 생각하지는 않습니까?"

안나는 레빈을 쏘아보다 그냥 눈물을 흘리고 말 았다. 하지만 그녀는 이내 정신을 가다듬고 조용히 하지만 아주 힘 서린 목소리로 말했다. "나는 남편을 사랑해 본 적이 없습니다. 남편의 삶을 그냥 존중했 을 뿐입니다. 이성적이며 도덕적으로 우리의 관계는 유지되었던 것뿐입니다. 그 속에 행복은 없었습니다. 삶은 그저 하루하루 말라가는 풀과도 다를 바 없었습 니다.

그래서 저는 남편을 떠났습니다. 저의 거짓된 감 정을 '존중'이라는 도덕으로 포장하는 것이 오히려 비 도덕적이라고 생각했기 때문입니다. 그런데 오히려 사람들은 저의 그런 솔직한 감정이 남편에 대해 비도 덕적이며 그래서 나쁜 여자라고 비방하고 있죠. 지금 당신이 내게 하는 것처럼 말입니다. 얼마나 모순적입 니까? 사랑이 없으면서도 있는 척하는 당신네들이 더 비도덕적이지 않을까요? 당신들은 심장이 없는 게 분 명합니다."

레빈은 한참 동안 그녀의 이야기를 듣고 나서 다시 물었다. "그렇다면, 사랑과 도덕은 별개의 것이며 결코 함께 있을 수 없다는 말입니까?" 안나는 이제야 레빈이 자신의 이야기를 알아듣는 것 같아 자신의 마음도 차분하게 가라앉고 있음을 느꼈다. 그리고 이번에는 간결하게 대꾸했다.

　　"도덕은 내일을 생각하지만 사랑은 오늘만 생각합니다. 사랑에는 시간이 존재하지 않습니다. 오직 시간의 진공상태에서만이 사랑은 존재할 수 있습니다. 그래서 사랑은 행위가 아닌 상태로서만 존재할 수 있는 것입니다."

레빈은 그녀의 대답을 곱씹어보면서 조심스럽게 그 의미를 되물었다. "그러니까, 도덕은 오늘의 자신을 이성적으로 통제한 대가로 내일을 보장받는 것이라면, 사랑은 본능대로 움직인 대가로 미래를 보장받을 수 없다는 말입니까?" "네, 제대로 이해하셨군요." 안나는 푸념 섞인 목소리를 허공에 내뿜었다. 그녀의 사랑에 관한 생각은 어떤 철학보다도 분명하고 강해 보였다.

"사랑의 피 속에는 오직 본능과 오늘만 있어야 합니다. 그 속에 도덕과 내일이 들어가는 순간 그 피는 썩은 피가 되고 맙니다. 이성과 내일이라는 놈은 계산을 먹고 자라거든요."

레빈은 그녀의 말을 들으며, 그녀가 사랑한 남자, 하지만 그녀를 죽인 남자, 브론스키를 떠올렸다. '그렇다면, 브론스키의 사랑에는 도덕과 내일이 있었을 뿐, 안나가 바라는 사랑은 없었던 것이겠군.' 생각이 이쯤에 이르자 안나가 브론스키의 삶을 망친 것이 아니라는 생각이 번뜩 스치고 지나갔다. 그때 안나의 눈물 젖은 목소리가 레빈의 생각을 깨웠다.

"내 사랑은 더욱더 열정적으로, 더욱더 이기적
으로 변해 가는데, 그의 사랑은 점점 꺼져 가
고 있었죠. 우리가 어긋나는 것도 바로 그 때
문이었습니다. ......어쩔 도리가 없었죠. 나
로서는 모든 것이 오직 그 사람 하나에 있기
때문에, 그가 내게 자신의 전부를 더욱 많이
쏟아 주기를 바랐던 것입니다. 그런데 그는
내게서 더욱 멀어져만 갔죠. 우리는 관계를
맺기 전까지 서로를 향해 달려갔지만, 그 후
로는 자신도 어쩔 수 없는 힘에 의해 각자가
다른 방향으로 멀어지고 있었습니다. 그리고
그것을 바꾸는 것은 불가능했습니다."●

● 《안나 카레니나》, 톨스토이

이 말을 듣자 레빈은 안나가 죽음을 선택할 수밖에 없었다는 것을 이해할 수 있었다. 하지만 레빈의 다른 쪽 가슴에서는 안나의 이런 사랑에 대해 반발심이 일어나는 것을 거부할 수 없었다. 농장에서 들었던 늙은 농부의 말이 떠올랐기 때문이다.

늙은 농부는 이렇게 말했다. "자신의 필요가 아니라 하느님을 위해 살아야 합니다. 우리가 이해하는 것을 위해, 우리가 끌리는 것을 위해, 우리가 원하는 것을 위해 살아서는 안 되며, 어떤 불가해한 것을 위해, 아무도 이해하지 못하고 정의 내릴 수 없는 하느님을 위해서 살아야 합니다."●

레빈은 그 순간 다시 브론스키를 떠올렸다. '그렇다면, 안나에게 브론스키는 하느님이었을까? 아마도 브론스키가 그녀의 모든 것이었다면, 그는 그녀에게 신이었던 것이 분명해'라는 생각이 레빈의 머리를 가득 채웠다.

● 《안나 카레니나》, 톨스토이

"그렇다면, 당신이 말한 사랑은 신에 관한 맹목적인 사랑과도 다를 바가 없는 것 같습니다." 레빈의 질문에 안나는 한동안 말이 없었다. 무슨 생각을 하고 있는지 레빈은 종잡을 수가 없었다. "아닙니다. 그는 선악과를 먹기 전의 아담이었습니다. 저는 도덕이 우리 사이를 갈라놓기 이전의 원초적 본능에 충실한 브론스키를 사랑한 것입니다. 브론스키는 선악과를 먹었고, 저는 그것을 입에 물려고도 하지 않았습니다. 저는 단지 브론스키가 입에 문 선악과를 뱉어내기를 바랐던 것입니다. 만약 그가 선악과를 던져버렸다면, 그는 내게 신이 되었을지도 모릅니다. 하지만 브론스키는 선악과를 뱉어내기는커녕 허겁지겁 그 맛에 빠져들었던 것입니다. 그 후 저는 브론스키에게 탕녀와 같은 존재로 전락하게 된 것이지요. 선악과를 먹기 전, 그는 이렇게 말했죠, '우리의 사랑이 더 강해진다면, 그 속에 뭔가 무서운 것이 있음으로 해서 강해지는 거겠죠.'라고 말이죠."

안나의 몸은 전율하듯 흔들렸고 그녀의 눈물은 멈추지 않았다.

레빈은 그녀의 눈물을 닦아주려 했지만 그녀는 한사코 거부했다. 그리고 이렇게 말했다.

　　"사랑이 끝나는 곳에서 증오가 시작됩니다. 사랑은 도덕적인 것이 아니라 도덕의 공포로 인해 비도덕적인 것이 되어가는 것이지요"● 그렇게 말한 후 안나는 숲속으로 천천히 걸어갔다. 레빈은 한참 동안 흔들리는 그녀의 등을 바라보았다. 신비스러운 빛이 그녀의 주위를 감싸고 있었다.

● 《안나 카레니나》, 톨스토이

"레빈, 아침이에요, 늦었어요. 오늘 왜 이렇게 늦잠을 자는 거예요."라는 아내의 짜증스러운 목소리가 레빈의 귀를 흔들었다. 꿈이었다.

이야기를 지배하는 것은 목소리가 아닙니다.
귀입니다.

《보이지 않는 도시들》, 이탈로 칼비노

04

"그것이 도시의 본래 모습이네,
혼돈만큼 자연스럽고
아름다운 것은 없네."

나는 말합니다.

"도시를 만드는 것은 공간이 아닙니다. 눈입니다. 그리고 도시의 삶을 움직이는 것 역시 시계가 아닙니다. 시계공의 손입니다."

자, 이제 '젊은 시계공' 이야기를 들어보십시오.

젊은 시계공이 사는 도시에는 거대한 높이의 시계탑이 설치되어 있었습니다. 그리고 시계탑의 시계를 관리하는 것이 젊은 시계공의 일이었습니다. 시계공은 항상 시계를 수리하거나 청소하는 것으로 하루를 보냈습니다. 그리고 시계의 낡은 부품들을 새로 만들기도 했습니다. 특히 그에게는 시계의 톱니바퀴를 만드는 일이 가장 의미 있는 일이었습니다. 그러던 어느 화창한 봄날, 젊은 시계공은 시계탑 안으로 들어가 톱니바퀴를 교체해야 했습니다. 시침의 톱니바퀴가 너무 낡아서 고장 났기 때문입니다. 젊은 시계공은 자신이 만든 시침의 톱니바퀴를 갈아 끼웠습니다. 그리고 탑을 내려와 시계를 바라본 순간, 숨이 막혀오는 걸 느꼈습니다.

시계 바늘이 너무 빨리 돌아가고 있었기 때문입니다. 그는 고개를 조심스레 돌려 도시를 바라보았습니다. 그 순간 젊은 시계공은 자신의 눈을 의심하지 않을 수 없었습니다. 사람들은 누구에게 쫓기는 듯 빠르게 걷거나 뛰고 있었고, 태양은 빠르게 도시 한가운데를 지나 서쪽으로 기울고 있었으며, 어제 핀 꽃들은 벌써 꽃잎을 떨어뜨리고 있었습니다. 사람들은 피곤한 눈으로 다시 어딘가를 향해 빠르게 걷거나 뛰었으며, 그들의 팔과 다리는 고무줄처럼 늘어나 있었습니다.

젊은 시계공은 도시가 빠르게 돌아가고 있는 것이 너무 겁이 났습니다. 그리고 시곗바늘이 빨라진 이유를 알 수 없었습니다. 결국 젊은 시계공은 스승인 늙은 시계공을 찾아갔습니다.

"선생님, 도시의 건물들은 하루가 다르게 바벨탑처럼 자라고 있고, 그 건물들은 벽돌 대신 차가운 크리스털로 변해가고 있습니다. 가로수와 공원은 사라지고 자꾸만 날카로운 유리 빌딩들만 자라나고 있습니다. 빌딩들이 계절을 삼켜 버렸습니다. 빌딩 안에만 사계절이 있고, 빌딩 밖의 사람들은 계절의 언어를 잊어버렸습니다. 사람들의 언어는 숫자로 변했으며 그것도 거대한 숫자들로만 되어 있어 소통이 불가능해져 버렸습니다. 사람들은 자신이 원하는 숫자만 내뱉을 뿐 타인의 답변을 듣고 서 있을 시간이 없습니다."

젊은 시계공의 이야기를 한참 듣고 있던 '늙은 시계공'은 새로운 톱니바퀴를 만들어 젊은 시계공에게 건네주었습니다.

"시계탑의 분침 톱니바퀴를 이것으로 갈아 끼우면 될 걸세. 너무 걱정하지는 말게나."

젊은 시계공은 기쁜 마음으로 분침 톱니바퀴를 들고 시계탑을 향해 달려갔습니다. 톱니바퀴는 무사히 교체되었습니다. 젊은 시계공은 안도의 한숨을 내쉬며 시계탑의 시계 바늘을 바라보았습니다. 그런데 놀랍게도 예상과는 달리 시계 바늘이 반대 방향으로 돌아가고 있었습니다.

젊은 시계공은 그 자리에 주저앉고 말았습니다. 그리고 도시를 돌아보니, 사람들이 모두 뒤로 걷고 있었습니다. 빌딩은 점점 작아지고, 간판들의 언어가 하나둘 지워지거나 혹은 그들이 품고 있던 기호들을 하나둘 떨어뜨리기 시작했습니다.

4

 빌딩에서 떨어진 복잡한 기호들은 길거리에 뒹굴기 시작했습니다. 그러자 청소부 아저씨들이 그것들을 쓸어 모아 쓰레기통에 버렸습니다. 바둑판같이 정갈했던 도로는 기호들이 치워지자 구불구불한 골목길로 변해갔습니다. 그 길 위에는 고개를 숙인 채 우울해하던 가로수들이 녹색의 짙은 냄새를 도시 한가득 내뿜었습니다. 그 냄새를 좇아 낙타와 소들이 느릿느릿 걸어 다녔습니다. 그들은 등 위에 노을을 신고 왔고, 뒤로 걷던 사람들은 그들 곁에 머물렀습니다. 노을이 지고 밤이 오자 도시는 잃어버렸던 어둠을 되찾았습니다. 하지만 거리의 사람들은 아무도 전등을 켜지 않았습니다. 밤하늘의 '은하수'가 하얀 달과 더불어 정신없이 뿌려져 있었기 때문입니다.

빌딩은 도시의 거울이었습니다. 빌딩마다 반짝이는 유리들이 거리를 지나는 모든 사람들의 발길을 묶어버렸습니다. 유리는 사람들에게 자신을 쳐다보며 자신의 성공을 꿈꾸라고 말했고, 차가운 그 속으로 들어와 행복에 젖어보라고 유혹했습니다. 그렇게 빌딩의 거울 앞에 멈춰선 사람들은 모두 똑같아져만 갔습니다. 머리 스타일도, 명품의 상표가 박힌 옷도, 울고 웃는 모습까지도, 심지어 그들의 욕망과 취향의 색깔도 모두 같아져 버렸습니다. 하지만 빌딩의 거울이 사라지자 사람들도 더 이상 그 앞에 멈춰 서지 않았습니다. 빌딩의 거울 대신 옆 사람과 자신을 보기 시작했습니다.

　도시의 언어들도 단순해지기 시작했습니다. 보통 사람들은 전혀 알아들을 수 없었던 숫자로 기호화된 언어들이 투명해진 것입니다. 해석이 필요했던, 두껍고 층층이 꼬여서 복잡했던 언어들, 속임수만 가득했던 언어들이 외투를 벗어 던진 것입니다. 오직 숫자와 결합해 쇼핑백에 새겨졌던 금박의 언어들, 증권 거래소에서 정신없이 빨간불과 파란불로 웃고 울던 언어들이 계절의 언어들, 시의 언어들로 되살아 난 것입니다.

그 언어들은 꿈꿀 시간조차 없었던 도시의 사람들에게 한적한 카페에 앉아 한낮의 꿈을 꾸게 만들었습니다. 그들의 꿈은 커피 향을 타고 도시 전체로 퍼져 도시의 사람들을 전염시켰습니다. 빵을 빚던 제빵사는 빵을 베고 누웠고, 옷을 팔던 점원 아가씨는 '웨딩드레스'를 안고 잠이 들었으며, 길거리 화가는 물감통 위에서 코를 골았습니다. 화가 옆에는 고양이 한 마리가 쥐를 베고 누워 달콤한 잠에 빠졌습니다. '시간이 돈보다 귀하다'는 도시에서는 절대 볼 수 없었던 풍경이었습니다.

젊은 시계공은 시계탑의 시계의 바늘이 거꾸로 돌면서 도시는 더 엉망진창이 되어 버렸다고 생각했습니다. 그는 다시 '노인 시계공'을 찾아가 이 사실을 따지듯 말했습니다. 그리고 이 문제를 어떻게 해결해야 할지 물었습니다.

노인 시계공은 아무 일도 아니라는 듯 되물었습니다.

"자네는 지금의 도시가 마음에 들지 않는가?"

"아닙니다. 하지만 뒤로 가는 도시를 싫어하는 사람들이 있고, 이 사태를 공포로 느끼는 사람들도 많습니다. 그리고 몇몇 사람들은 '뒤로' 걷는 것을 '퇴보'라고 생각하며 불안에 떨고 있습니다.

젊은 시계공의 말이 끝나자 '노인 시계공'은 젊은
시계공의 귀를 잡고 작은 목소리로 무언가를 속삭였
습니다. 그러자 젊은 시계공은 시계탑을 향해 달리기
시작했고, 시계탑에 올라가 시계 바늘을 모두 없애버
렸습니다.

시계탑의 시계 바늘이 사라지자, 도시에는 더 이상한 현상이 벌어지고 말았습니다. 태양은 수십 개가 떴고, 밤에는 보름달, 초승달 등이 동시에 떠올랐습니다. '은하수'는 수시로 별자리 모양을 바꿔가고 있었습니다. 한옥 건물들이 빌딩 사이에서 고즈넉하게 앉아 있었고, 구부러진 흙길과 직선의 포장된 도로가 미로처럼 얽혀가고 있었습니다. 느리게 걷는 사람들 사이로, 무언가에 쫓기듯 헐떡이며 달려가는 사람들이 있고, 앞으로 걷는 사람들에게 인사를 건네며 뒤로 걷는 사람도 있었습니다. 아예 길거리에 멈춰서 하루 종일 하늘만 바라보는 사람들도 생겨나기 시작했습니다. 도시는 움직이면서 동시에 정지해 있었습니다. 똑같은 것들은 어떤 것도 없었습니다.

시계탑의 시계 바늘이 사라지면서 생긴 또 다른 현상은 사람들이 '젊은 시계공'에게 몰려 왔다는 것입니다. 그들은 각자의 시계를 주문하기 시작했습니다. "톱니바퀴가 반대로 돌아가는 시계를 만들어주세요. 저는 옛날처럼 살고 싶거든요." 그의 얼굴은 그리움으로 가득 차 보였습니다.

"저는, 분침의 톱니바퀴가 시침의 톱니바퀴보다 큰 것으로 부탁합니다. 시간이 없어요, 할 일이 너무 많아요. 빨리 일을 끝내야 하거든요." 그의 얼굴은 일그러져 있었고, 무언가에 화가 난 듯 보였습니다.

"저는 분침과 시침의 톱니바퀴를 같은 크기로 만들어주세요. 지금의 시간을 영원히 간직하고 싶거든요. 지금 이 봄 날씨가 너무 화창하잖아요." 그녀의 눈과 입은 벚꽃처럼 웃고 있었습니다 젊은 시계공은 이전보다 더 겁이 났습니다. 그는 늙은 시계공에게 울며 달려갔습니다.

"왜, 시계탑의 시계 바늘을 없애라고 했습니까? 도시가 이전보다 더 혼란스러워졌습니다. 이러다 도시는 혼돈의 공간으로 전락해버리고 말 겁니다."

노인 시계공은 빙그레 웃으며 이렇게 말했습니다.

"그것이 도시의 본래 모습이네, 혼돈만큼 자연스럽고 아름다운 것은 없네."

"시간은 시계 바늘이 지배하는 것이 아니네, 마음이지."

젊은 시계공은 할 말을 잃었고, 무엇을 깨달았다는 듯이 고개를 끄덕였습니다.

"마음이 만든 시간은 톱니바퀴가 필요 없네. 마음이 시간의 속도와 방향을 언제든 바꿀 수 있기 때문이지."

저의 이야기는 여기까지입니다. 당신의 귀는 무엇을 들었습니까? 쿠빌라이 칸은 대답했다.

"가끔 내가 화려하면서도 보이지 않는 현재에 포로가 되어 있을 때, 그럴 때면 자네의 목소리가 까마득하게 들려오곤 하지. 그 현재에서는 모든 형태의 인간 사회가 그 순환의 마지막 지점에 도달해 있는데, 앞으로 어떤 새로운 형태를 취하게 될지는 상상조차 할 수 없다네."●

● 《보이지 않는 도시들》, 이탈로 칼비노

인간은 파멸당할 수 있어도
패배할 수는 없다.

《노인과 바다》, 헤밍웨이

05

"세상의 모든 것은 어떤 형태로든
다른 것들을 죽이고 있어.

고기를 잡는 일은 나를 살려주지만,
나를 죽이기도 하지."

무엇이 우리를 파멸시킬까?

아마도, 그건 우리의 '성공'이 아닐까 싶다. 이것이 사실이라면 인간은 모순의 존재이리라. 우리는 '성공'을 위해 망망대해 위로 나만의 '작은 배'를 띄운다. 항구로부터 멀어지고 바다가 깊어질수록 그만큼의 성공도 커질 것이라는 희망의 끈을 우리는 놓지 않는다. 배를 심하게 흔들어대는 풍랑조차도 더 큰 물고기를 잡기 위한 동반자일 뿐이라며 스스로 위로한다. 이들은 보통의 사람들이 깊은 바다까지 나가려 하지 않는다는 것을 알고 있다. 그래서 늘 혼자 배를 띄운다. 아마도 그들에게 친구는 파도를 일으키는 바람과 어둠을 지켜야 하는 달이 전부일지도 모른다. 그렇게 그들은 바다 위를 홀로 떠다녀야 한다.

"그 애가 옆에 있다면 정말 좋으련만."《노인과 바다》에서 노인은 바다에 홀로 떠 있는 동안 소년을 그리워한다. 그것도 평생에 한 번도 만나본 적 없는 커다란 청새치를 만나는 순간부터 그 외로움은 배 위를 떠나지 않는다.

하지만 커다란 청새치를 잡는 것은 결국 혼자일 수밖에 없다는 사실과 성공은 외로움을 수반한다는 사실을 노인은 모르지 않는다. 커다란 물고기가 있는 곳을 혼자 찾아야 하며, 하늘을 보며 자신의 감각으로 날씨를 판단해야 하며, 낚싯줄과 음식도 손수 준비해야 한다. 누군가의 도움은 단지 얕은 바다의 작은 고기를 잡는 일들에 한할 뿐이다. 그렇게 성공은 단단한 외로움으로 빚어진다.

외로움이 시간의 주름을 만들 때 성공은 서서히 우리의 곁으로 다가온다. 외로움은 성공을 다룰 수 있는 성숙함과 안목을 시간의 주름 속에 감추어 두었던 것이다. 노인의 이마 위에 깊게 파인 주름과 그물처럼 갈라진 손가락이 커다란 청새치를 낚아 올리는 것처럼 말이다. 성공은 외로움을 견딘 순간에만 찾아온다는 것을 노인은 잘 알고 있었다. 그래서 그는 "희망을 버린다는 것은 어리석은 일이야. 더구나 그건 죄악이거든."이라고 중얼거리며 외로움을 견디고 또 견뎠다. 외로움과의 길고 긴 싸움이 강한 낚싯바늘을 만들었던 것이다. 하지만 그렇게 긴 외로움의 끝자락을 물고 올라온 성공의 희열, 그것은 찰나일 뿐이다. 그것이 찰나의 순간이라는 것을 알면서도 그 순간 흐르는 눈물을 막을 수는 없다.

우리의 파멸은 이제부터 시작된다. 노인의 말이 그것을 암시했는지도 모르겠다.

> "세상의 모든 것은 어떤 형태로든
> 다른 것들을 죽이고 있어.
> 고기를 잡는 일은 나를 살려주지만,
> 나를 죽이기도 하지."

청새치가 삼켜버린 낚싯바늘, 그 외로움은 사라진 것이 아니었다. 청새치의 입속 깊이 숨어 있었을 뿐이었다. 외로움은 성공을 지켜야 하는 고된 날들 속으로 다시 돌아오고 말았다.

성공은 오직 나의 것이기 때문에 누구도 그것을 함께 지켜주려 하지 않는다. 누군가 성공을 함께 지켜 주리라고 기대하는 어리석은 사람은 없을 것이다. 오히려 타인은 성공을 지켜주는 존재가 아니라 호시탐탐 그것을 빼앗으려는 상어 떼라는 것을 누군들 모르겠는가. 성공이 큰 만큼 외로움과 불안도 커지고 그것을 빼앗으려는 적들의 수도 많아진다. 청새치의 진한 피 냄새를 맡고 달려드는 상어 떼처럼 말이다.

"언제나 지독한 악취를 내뿜는
밉살스러운 이놈들은
다른 고기들을 직접 죽여서 먹기도 하고
썩은 고기를 먹기도 하지."

성공이 풍긴 피비린내가 상어 떼를 부른 것이다. 다시 고독한 싸움이 시작된다. 우리에게 잠깐의 행복을 안겨준 '성공'이 나를 위협하는 존재로 변하는 순간이다. 상어 떼는 청새치만을 원하는 것이 아니기 때문이다. 청새치를 다 먹고 나면, 상어 떼의 다음 목표는 '나'일지도 모른다. 아니면 청새치를 지키기 위해 싸우는 과정에서 청새치보다 '나'가 먼저 상어 떼의 밥이 될 수도 있는 노릇이다.

어떻게든 우리는 상어 떼 같은 적들과 외롭게 싸워야 한다. 악취를 내뿜는 밉살스러운 적들은 그들끼리의 연대를 즐긴다. 그래야 '나'의 성공을 쉽게 탈취할 수 있기 때문이다. 아무리 얕은 연대일지라도 외로움이 감당하기는 너무나 버거운 공격 형태이다.

우리는 청새치, '성공'을 버리는 것만이 내가 사는 유일한 길임을 잘 알고 있다. 그것을 놓지 않는다면, 우리는 처절하게 파멸될 것이라는 것 또한 잘 알고 있다. 하지만 우리는 결코 청새치를 놓지 못한다.

그렇게 우리의 파멸은 시작된다. 청새치의 살이 모두 뜯겨나가는 것뿐만 아니라, 삶을 지탱해주던 작살을 빼앗기고 노마저 부러져버린다. 청새치를 지키기 위한 싸움은 청새치를 잡기 위한 싸움보다 더 큰 고통이 따르는 법. 그것이 자연의 이치일 것이다. 청새치를 잡는 싸움에는 목숨을 걸 필요가 없을지도 모른다. 하지만 청새치를 지키는 싸움에는 반드시 목숨을 걸어야 한다. 성공을 잡기 전까지는 성공이 곧 '나'일 수는 없다. 하지만 성공을 잡은 후에는 성공이 곧 '나'의 실존이 되기 때문이다. 그래서 성공을 지키는 것은 곧 나의 전부를 지키는 것이며, 성공을 빼앗기는 것은 곧 나의 모든 것을 잃는 것이다. 그렇게 성공은 죽음을 잉태한다.

특히, '고기가 나를 데려가고 있는 건가, 아니면 내가 고기를 데려가고 있는 건가.'라는 노인의 고민처럼, 성공이 우리를 끌고 가고 있다면, 죽음은 조금 더 빠르게 우리에게 다가올 것이다.

성공은 단지 한순간의 결과물이 아니다. 그것은 지독한 외로움과 포기된 욕망들, 그리고 시간의 고된 역사가 겹겹이 쌓인 퇴적물이다. 퇴적물의 발효는 강하고 아름다운 뼈를 만든다. 이것은 '나'의 성공을 지탱하는 골격이 된다. 골격 위에 붙은 살들은 어쩌면 나의 것이 아닐지도 모른다. 우리는 잠시 착각할 수도 있다. 그 살들마저도 나의 것이며, 그것 역시 성공의 결과물이라고. 하지만 그 살들은 성공을 담은 포장지나 혹은 형식에 지나지 않는다. 그래서 우리가 상어 떼에게 빼앗기는 것은 성공이 아니라 성공의 겉살에 불과하다. 성공의 겉살, 그것이 뜯기는 것 그것이 파멸이다. 하지만 뼈대는, 그 아름다운 뼈대는 누구도 가져갈 수 없다. 그래서 우리는 실패할 수 없는 것이다.

"상어가 저토록 잘생기고 멋진 꼬리를 달고 있는 줄은 미처 몰랐어요."[*]라고 관광객들이 말했듯이, 파멸 뒤에 적나라하게 드러난 성공의 속살은 무엇보다 아름답다.

우리가 두려워해야 할 것은 '파멸 당하는 것'도 '패배하는 것'도 아니다. 그것은 파멸이 없는 삶일 뿐이다. 먼바다를 향해 홀로 출항하지 않는다면, 파멸은 없을 것이다. 그리고 노인처럼 사자의 꿈을 꿀 수도 없을 것이다. 어떤 것도 두려워하지 않고, 밀림을 한가롭게 걸을 수 있는 자유 또한 없을 것이다.

인간에게 패배가 있다면, 그것은 오직 '파멸 없는 삶'일 뿐이다.

● 《노인과 바다》에 나오는 대사로 관광객들이 청새치의 뼈대를 상어 뼈로 착각한 것이므로, 결국 관광객들이 감탄한 그 뼈는 청새치의 것이었다.

죽지 않는 사람이 된다는 것은
쓸모없는 짓이다.

《모래의 책》, 보르헤스

"죽음은 내가 어디론가
사라지는 것이 아니라
'모두'로 변하는 순간이다."

아프리카의 사막 끝에 있는 작은 마을에 머물렀다. 그리고 노점상들이 즐비한 거리를 배회하며 걷고 있었다. "보르헤스의 기억을 원하십니까?" 아주 오래된 책들, 겉장이 마치 나무껍질인 듯 낡아 보이는 책들을 팔고 있는 노인이 나를 쳐다보고 있었다.

"나는 기억을 팝니다. 당신의 얼굴에서 보르헤스가 보였습니다." 나는 놀라며 물었다. "저는 보르헤스가 누군지 모릅니다. 당연히 그를 만나본 적도 없지요?" 그러자 노인은 당연하다는 듯이 말했다. "당연하지요, 당신은 지금 보르헤스의 기억 속에서 살고 있으니까요. '기억되는 자'는 '기억하는 자'를 결코 알 수 없지요." 나는 노인의 말을 이해할 수 없었다. 그리고 무서웠다. 하지만 그의 말을 거역할 수는 없었다. 이유는 알 수 없었다.

"보르헤스의 기억을 사겠습니다." 그러자 노인은 앞장과 뒷장이 뜯겨져 나가고 글씨도 조잡해 보이는 책을 한 권 건넸다. 그리고 더 알 수 없는 말을 덧붙였을 뿐 돈은 받지 않았다. 나는 그 책을 펴보지도 않은 채 곧장 숙소로 돌아왔다.

노인이 덧붙인 말은 이러했다.

이슬람의 전통은 새들의 언어를 이해할 수 있
는 반지가 솔로몬의 왕의 것이라고 말하지요.
거지가 그 반지를 자기의 손아귀 안에 넣고 있
다는 것은 이미 익히 알려진 바입니다. 그 반지
의 가격은 너무 비싸 도저히 값을 매길 수가 없
기 때문에 팔 수도 없었어요. 그래서 라호르에
있는 와질 칸의 회교 사원의 어느 정원에서 그
는 죽었어요. *

● 《셰익스피어의 기억》, 보르헤스

나는 사막의 무더위로 인해 그 책과 노인의 존재를 잊고 있었다. 방바닥 구석에서 뒹굴고 있던 그 책, 《모래의 책》이 내 눈에 들어온 것은 그로부터 1주일이 지나서였다. 그 책이 보이는 순간, 노인의 마지막 말이 함께 되살아났다. 두려운 마음으로 나는 그 책의 첫 장을 폈다. 페이지는 없었다. 그래서 내가 처음 본 페이지가 처음인지는 지금도 확신할 수 없다. 글자와 문장들이 뒤집혀 있었고, 간혹 알 수 없는 글자들도 보였다.

　　나는 글자들 사이로 걸어 들어갔다. 하지만 얼마 지나지 않아 나는 길을 잃고 말았다. 글자 속에 갇히고 만 것이다. 나는 41년 전이라는 단어 앞에 멈춰 섰다. 그 단어 속에는 내가 있었다. 나는 죽었다. 그런데 이렇게 살아 있는 것은 이 책을 쓴 보르헤스의 기억 때문이다. '호르헤 루이스 보르헤스'라는 낯선 타자의 기억 속에서 나는 다시 태어난 것이다.

그렇다면, 죽음은 타자의 기억이다. '나'의 커져 버린 과거를 끌고 가던 미래의 끈이 끊어지면서 나의 시간은 멈춰 섰고, 나는 과거 속에 영원히 갇혀버린 것이다. 나의 과거가 새롭게 둥지를 튼 곳이 바로 타자의 기억이다. 그래서 나는 아마도 죽음의 순간, '안녕'이라고 말하지 않았으리라. 죽음은 내가 어디론가 사라지는 것이 아니라 '모두'로 변하는 순간이기 때문이다.

우리는 얼마나 타인으로 살기를 갈망해왔던가? 그리고 얼마나 현재에 머무르기를 애원했던가? 우리의 삶은 한 번도 '현재'라는 시간을 가져본 적이 없다. 오직 우리의 삶은 과거의 확장과 미래의 축소로 이어질 뿐이었다. 하지만 나의 죽음은 타자의 기억 속에서 처음으로 '현재'라는 시간을 갖게 된다.

타자의 기억은 '우연'의 노예다. 하지만 우연은 감각의 지배를 받는다. 독특한 향취가, 너무나 강렬한 색깔이, 쌉쌀하고 매콤한 맛이 불쑥 나의 과거를 불러낸다. 나의 과거가 타자의 과거와 만나 현재가 되어 살아가는 순간이다. 그것은 타자가 과거를 키우며 자신을 조금씩 죽이는 모순적 행위이다. 나의 과거가 타자를 숙주로 삼아 그것의 시간을 먹고 사는 바이러스가 된 것이다. 나의 죽음은 타자의 죽음의 한 부분이다. 나와 타자는 과거의 시간으로 묶인 채 서로에게 기생한다. 타자의 과거가 완성되는 날, '나'의 현재도 끝난다. 그럴 때 우리는 또 다른 감각을 찾아 그것의 핏줄을 타고 다른 타자의 기억 속으로 파고든다.

그래서 '죽지 않는 사람이 된다는 것은 쓸모없는 짓이다.'* 그것은 마치 고대 바빌로니아의 《길가메시 서사시》에서 길가메시가 '불로초'를 구하기 위해 바다의 심연으로 뛰어들었던 것과 같다.

　하지만 결국 어떻게 되었던가? 길가메시가 구해 온 불로초를 지나가는 뱀이 먹어버리지 않았는가. 우리는 죽을 것이다. 시간이 뱀처럼 우리의 삶을 집어삼키고 있지 않는가. 죽음을 거부하는 것은 어리석은 짓이다. 그것은 우리가 영원히 살 수 있는 길을 막아버리는 멍청한 짓에 지나지 않는다.

● 《모래의 책》, 보르헤스

나는 글자의 미로속을 겨우 빠져 나왔다. 그리고 이내 책장을 덮어버렸다. 공포가 나의 몸을 흔들었고 온몸은 땀으로 젖어 있었다. 분명, 글자 속에서는 시간이 흐르지 않았다. 어떤 것도 변하지 않았다. 시간이 멈춘 현재뿐이었다. 글자 속에는 죽지 않는 사람들이 사는 마을이 있었다. 그곳에서 나는 '나'를 보았다. 그리고 보르헤스를 만났다. 보르헤스는 이곳에 막 도착한 내게 말했다. "당신은 이미 죽었지만 이렇게 나의 기억 속에서 되살아 난 것이며, 이곳은 망각이 없는 나의 마을이오. 동시에 이미 죽었던 당신의 마을이기도 하지. 그러기 때문에 나 역시 당신 앞에서 이렇게 말을 할 수 있는 것이지요. 우리가 헤어지는 방법은 단 하나, 망각을 찾는 것뿐이오. 망각만이 우리를 과거로부터 벗어나 새롭게 태어나게 만들기 때문이오." 나는 갑자기 카오스에 빠진 듯했다. 하지만 분명하게 떠오르는 질문들이 존재했다. "어떻게 나의 기억속에 당신, 보르헤스가 들어왔는지? 그리고 동시에 어떻게 내가 당신, 보르헤스의 기억속으로 들어갈 수 있었는지?"

그러자 보르헤스는 대답했다. "당신은 이미 그 이유를 알고 있지 않소. 사람들은 타인의 방식으로 살기를 갈망하며 죽음을 통해 그들의 삶 속으로 들어간다는 것을.

나는 대답했다. "그런데 당신과 나는 한 번도 본 적 없는 낯선 타인인데 어떻게 서로의 삶을 갈망했겠소?" 그러자 보르헤스는 다시 대답했다. "그것도 이미 당신은 알고 있소. 시간은 흘러가 사라지는 것이 아니라 과거라는 바다의 거대한 공간으로 모인다는 것을, 그리고 그 속에서 우리의 시간은 수많은 물고기들처럼 서로 연결된다는 것을.

나는 바닷속에서 당신의 책 《시간의 색깔》을 보았소. 그 책에서 당신은 분명하게 나를 갈망하고 있었소. 맞지 않소? 글쓰기로 인해 시력을 잃어가면서도 펜을 놓지 못했던 당신, 그 사람이 바로 나, 보르헤스요. 보시오. 나는 앞을 보지 못하오. 나는 가장 큰 감각을 잃었소. 그래서 종종 망각이 찾아오곤 합니다. 아마도 그때 당신은 이 마을을 떠날 수 있을 것이오."

거대한 눈망울, 하지만 아무런 소용도 없이 장식품처럼 매달려 있는 보르헤스의 눈, 나는 한참 동안 그의 눈을 보았다. 어디선가 본 모습이었다. "나는 피곤해서 잠 좀 자야 할 것 같소. 그래도 되겠지요. 작가 양반."

그 순간 나는 꿈에서 깬 듯 글자의 미로 속을 빠져 나올 수 있었다. 보르헤스의 망각이 나를 다시 나의 글 앞에 서게 한 것이다. 아마도 나는 누군가의 망각이 만든 허상일 것이다. 나의 진짜는 타인의 기억 속에서 영원히 존재하는 과거의 '나'일 뿐인데. 그래서 기억 속의 보들레르는 이렇게 말하곤 했던 것 같다.

"늘 취해 있다는 것은 매우 중요하다. 그것이 모든 것을 통하게 하리라, 그러면 아무 문제가 없다. 시간의 비참한 노예가 되기 싫거든 취하라. 포도주에 취하고, 시에 취하고, 행복에 취하라. 당신의 취향대로."

그렇다면, 나는 그대의 '기억' 속에서 영원한 현재
에 취하리라.

물레방앗간 집 마누라의 궁둥짝,
인간의 이성이란 그거지 뭐.

《그리스인 조르바》, 니코스 카잔차키스

07

"자유를 잃어버린 인간,
그들은 이미 사형당한
존재들이다."

《그리스인 조르바》의 주인공 조르바. 그는 자유다.

그는 무엇으로부터 자유로운 걸까? 그리고 그는 어떻게 자유를 누리고 있는 걸까? "물레방앗간 집 마누라의 궁둥짝, 인간의 이성이란 그거지 뭐."라고 거침없이 내뱉는 그의 말투에서 그는 이미 자유인이다. 그가 벗어버린 건 이성이다. 사람들이 신의 아들인 양 고귀하게 모시고 있는 이성을 보기 좋게 걷어차고 있으니 말이다.

이성은 우리가 생각하는 것처럼 고상한 것이 아니라 아무도 쳐다보지 않는 늙은 노인네의 축 늘어진 엉덩이 살점 같은 거라고 조르바는 조롱하고 있다. 하지만 우리는 어떤가? 이성이라는 보이지도 않는, 그래서 귀신이나 다름없는 것에 현혹되어 그것에 아부하기 바쁘지 않은가?

누가 과연 '나는 자유롭다'라고 말할 수 있을까? 그렇게 말하는 자가 있다면 조르바는 이렇게 충고할 것이다. "당신의 줄이 다른 사람들보다 조금 더 긴 것일 뿐 영원히 그 줄에서 벗어날 수는 없을 거요."

> "두목, 인간이란 짐승이에요…
> 나는 아무도, 아무것도 믿지 않아요.
> 오직 조르바만 믿지.
> 조르바가 딴것들보다 나아서가 아니오.
> 나을 거라고는 눈곱만큼도 없어요.
> 조르바 역시 딴 놈들과 마찬가지로 짐승이오!
> 그러나 내가 조르바를 믿는 건,
> 내가 아는 것 중에서
> 아직 내 마음대로 할 수 있는 게
> 조르바뿐이기 때문이오."•

• 《그리스인 조르바》, 니코스 카잔차키스

조르바가 자신의 주인에게 던지는 말이다. 매력적이다. 분명, 우리 모두는 두 발로 걷는 짐승이다. 그런데 아마도 우리는 짐승이라는 것을 위장하기 위해 이성의 외투를 뒤집어쓰고 있는 듯하다. 그러다 보니 우리의 삶은 부자연스럽다. 맞지 않는 옷을 입었으니 말이다. 짐승, 그것은 이성이 아닌 육체적 본능에 따라 움직이는 존재다. 그들에게서 도덕이란, 본능을 거스르지 않는 것이리라. 필요할 때 필요한 만큼만 채우고, 필요하지 않은 것에 관해서는 조금의 욕망도 갖지 않는 것, 그것이 그들을 지배하는 삶의 유일한 도덕일 것이다.

인간들은 오히려 도덕이라는 이름 아래 자신의 과한 욕망을 감추고, 억누르면서 자신을 괴롭힌다. 그리고 도덕의 이름을 타인에게도 씌워 그들을 감시한다. 도덕 아래서만 그들을 용서하고 그 길에서 벗어난 이들에게는 비난의 화살을 소나기처럼 쏟아붓는다. 이렇게 인간들의 본능은 비도덕적인 것이 되어버려지고, 이성이 차지한 도덕의 자리는 우리의 자유를 빼앗는다. 그래서 우리는 피곤하고, 우울하다.

하지만 자유인 조르바는 다르다. 그는 "그는 살아 있는 가슴과 커다랗고 푸짐한 언어를 쏟아 내는 입과 위대한 야성의 영혼을 가진 사나이, 아직 모태인 대지에서 탯줄이 떨어지지 않은 사나이였다."● 아마도 그의 심장은 너무 빠르게 뛰어 불규칙적일 것이며, 그의 입은 문법에 맞지 않는 언어들로 세상을 노래할 것이며, 그의 머리는 미친 황소처럼 들판을 뛰어다닐 것이다. 그는 아직 대지의 탯줄에서 벗어나지 않은 자연 그 자체, 짐승의 모습 그대로일 것이기 때문이다. 그의 이런 모습들은 어떤 책에서도, 어떤 철학자의 말에서도 만나 본 적이 없다. 영원히 만날 수 없을지도 모른다.

● 《그리스인 조르바》, 니코스 카잔차키스

그는 바보이거나 혹은 우리의 신일 것이다. 우리는 어머니의 탯줄을 끊으면서 동시에 대지의 탯줄도 무참히 잘라 버렸다. 그리고 그 자리에 인간들은 이성을 이식시켜 버렸다. 그것은 어떤 것들보다 빠르게 자라서 우리 안의 거인이 되고 말았다.

결국 이성은 우리를 지배하는 주인이 되었고, 그 권력이 절정기에 이르렀을 때는 인간을 사형하는 재판관으로 변한다. 자유를 잃어버린 인간, 그들은 이미 사형당한 존재들이다.

"주린 영혼을 채우기 위해 오랜 세월 책으로부터 빨아들인 영양분의 질량과 겨우 몇 달 사이에 조르바로부터 느낀 자유의 질량을 돌이켜 볼 때마다"[●] 책과 수많은 말 사이를 기어 다니던 기생충 같은 규범과 도덕들이 대지의 탯줄보다 얼마나 가벼운 것들에 지나지 않았는지 격분하게 된다. 절대적 기준을 만들어 내는 책과 그것의 지배력을 행사하는 말들은 더 큰 말들을 생산하며 우리의 자유를 빼앗아 가고 그것은 우리를 슬프게 만든다.

책과 말의 뼈는 이성이다. 그 뼈는 화살보다 날카롭고 빠르다. 나의 일탈을 향해 날아오는 화살이다. 누구도 이 화살을 피할 수는 없다. 하지만, 화살에 맞지 않는 방법은 있다. 책과 말을 버리는 것이다. 동물처럼 몸으로 말을 하는 것이다. 조르바처럼 춤을 추면 된다. 춤의 언어를 가지면 된다.

●《그리스인 조르바》, 니코스 카잔차키스

조르바 !

이리 와 보세요!

춤 좀 가르쳐주세요!

...... 춤이라고요, 두목?

정말 춤이라고 했소?

조르바 갑시다.

내 인생은 바뀌었어요.

자 놉시다.

...... 브라보 아주 잘 하시는데!

...... 종이와 잉크는 지옥으로나 보내버려!

.... 이것 봐요,

당신이 춤을 배우고 내 말을 배우면

우리가 서로 나누지 못할

이야기가 어디 있겠소! *

● 《그리스인 조르바》, 니코스 카잔차키스

춤은 가장 정직하고 순결한 언어다. 자신의 감정과 본능을 숨김없이 자신만의 문법으로 세상과 소통한다. 아마도 그것은 신과 대화할 수 있는 유일한 방법일지도 모르겠다. 무당들이 어떤 형식에도 얽매이지 않은 자유로운 춤으로 떠도는 영혼을 부르고, 천사들이 입이 아닌 날개의 춤으로 신과 대화하는 것과 다르지 않다. 춤은 내 안의 더러운 먼지들을 털어내고 막혔던 피들을 흐르게 하며, 거짓된 자아를 토해낸다. 춤은, 바람의 리듬 속에 몸을 맡긴 춤은 밖의 것들에 의해 만들어진 나를, 나로부터 태어난 어떤 것도 소유하지 못한, 그래서 나라고 명징하게 말할 수 없는 나를 가난하게 만들어 버린다. 춤이 빚은 텅 빈 자아 속으로 자유가 들어온다.

자유는 고독이다. 낯선 길을 혼자 걷는 것이다. 하지만 그 걸음은 거칠 것이 없고 그저 즐겁기만 하리라. 더 이상 눈치 볼 일이 없다. 그 길 위에는 아무도 없기 때문이다. 오직, 춤추는 사람들만이, 자신만의 춤을 추며 간다. 그 길 위로 비나 눈이 내려도, 바람이 불어도, 그들은 춤을 춘다. 그들은 죽임을 통해 삶을 이어가는 존재이기에 비가 그들의 영혼을, 눈이 그들의 시간을, 바람이 그들의 언어를 빼앗지 못할 것이다.

이제 춤을 추자. 조르바처럼 묶여 있던 끈을 잘라 버리고 음악조차 없는 춤을 추자. 내 속을 채운 책과 가르침을 죽이고, 미친 듯이 춤을 추자.

선문답 경전을 보면, 이런 얘기가 나온다. 어느 날 선생이 제자들에게 물었다.

"길을 가다 도인(道人)을 만나거든 말로도 침묵으로도 대하면 안 된다. 자 말해보라. 그러면 어떻게 응대해야 하겠는가."

자신을 가난하게 만든 사람들이라면, 춤을 추는 자들이라면 답을 할 수 있으리라. 빨리 답해보라.

이 엄청난 혼돈 속에서 분명한 건 딱 하나야.
고도를 기다리고 있다는 것.

《고도를 기다리며》, 사무엘 베케트

"늦은 것도 아니고, 멀리 있는 것도
아니야.
'여기'라는 섬은 언제, 어디에나
존재하는 법이니까."

칸트의 질문들이 떠오른다. '나는 무엇을 할 수 있는가? 나는 무엇을 해야 하는가? 나는 무엇을 희망할 수 있는가?' 그리고 여기에 덧붙여진 나의 질문.

'나는 무엇을 기다릴 수 있는가?'

무언가가 도래하기를 바라는 것은 우리의 실존만큼이나 분명하다. 어쩌면, 혹은, 아니 절대적으로, 우리는 기다릴 수밖에 없다. 그것은 우리가 아닌 인간의, 아니 존재하는 것들의 운명, 아니 본능이다. 도래할 것들이 없다면 우리는 존재할 수 없다. 그리고 그것들이 우리에게 걸어오고 있지 않다면 우리의 삶은 시작되지도 않은 것이다. 도래할 것들이 움직일 때 우리도 한 걸음 내딛게 되는 것이다. 우리에게 반드시 도래해야만 하는 것들, 하지만 언제 우리에게 도착할지 알 수 없는 시간의 거리가 우리 삶의 길이를 만든다. 만약 그것들이 우리에게 더디게 온다면, 우리의 삶도 더디게 그리고 더 오래 나아갈 것이며, 더 오랫동안 우리는 존재할 것이다.

우리에게 도래해야 하는 것들은 우리에게서 비롯된 것이 아니다. 그것은 누구에게서도 비롯되지 못한다. 그냥 우리와 함께 태어나며 동시에 우리의 너머에서 우리의 기다림을 기다린다.

우리와 우리의 기다림을 태어나게 한 것은 혼돈이다. 우주의 탄생, 빅뱅의 순간에 우리는 혼돈의 시간 속으로 빨려 들어가게 되고, 그 순간 우리의 기다림도 다른 행성이 되어 블랙홀처럼 미지의 시간 속으로 빨려 들어간다. 그래서 우리는 웜홀이라는 시간의 통로를 통해 만나려고 한다. 나와의 충돌을 가져와 나를 죽일지도 모르는 그 행성을 우리는 마냥 기다리고 있는 것이다. 그 충돌이 우리를 다시 태어나게 할 수 있기 때문이다.

충돌은 종착점인 동시에 출발점이다. 그래서 우리는 그것을 기다릴 뿐이며, 동시에 그것을 향해 가고 있는 것이다.

"사람들이 우릴 필요로 하는 날이 항상 있는 건 아니지. 사실 우릴 꼭 필요로 한다고 말할 수 있는 것도 아냐. 다른 사람들도 이 일을 우리만큼, 어쩌면 더 잘 해낼 수 있을지 몰라. 하지만 방금 들은 신호는 인류 전체를 향한 거라고 해야겠지. 하지만 지금 이 장소, 이 순간에, 인류는 바로 우리야. 그게 우리 마음에 들건 안 들건."●

● 《고도를 기다리며》, 사무엘 베케트

타자가 우리에게 오고, 우리는 타자에게 간다. 타자가 우리를 꼭 집어 손짓하거나, 목 놓아 부르지 않았어도, 우리는 갈 수밖에 없고, 가야만 한다. 타자가 누구, 아니 무엇인지 알 필요는 없다. 우리는 가게 되어 있고, 가는 것이 존재의 운명이며, 그것이 오기를 기다리는 것이다. 분명한 건, 우리의 삶은 어떤 형태로든 기다림의 자세를 취하고 있다는 점이다. 우리의 시선도, 우리의 침묵도, 우리의 의식도 오직 기다리는 것들을 향하고 있을 뿐이다. 우리의 시간이 그리고 공간이 혼돈(빅뱅) 속에 있기 때문이다. 혼돈의 열망은 오직 하나, 기다림을 기다리는 것, 서로 만난다는 것 - 그것은 아무리 강한 감정이라도, 그것이 할 수 있는 모든 것을 넘어서고, 어떤 과학이라 하더라도, 몸이 아는 모든 것을 넘어선다. * - 뿐이다.

● 〈이제 그만〉, 사무엘 베케트

'기다린다는 것', 그것은 기쁨이다. 그것은 미래의 것이며, 결코 과거가 되어 사라지지 않기 때문이다. 반드시 도래할 것이라는 가능성만이 현재에 머무를 뿐, 어떤 것도 갑자기 우리 곁에 머무를 수 없다. 만약, 갑자기 다가온 것이 있다면, 그것은 우리가 기다리던 것이 아니다. 그것은 기다리지 않아도 늘 우리와 함께 하고 있는 것들이다.

갑자기가 아닌 아주 느리게 그리고 어떤 기미도 없이, 어디쯤인가에서 서성이며 오고 있는 것만이 우리가 기다리는 것이다. 그래서 우리를 설레게 하고 우리의 고통을 견디게 하는 것만이 우리가 기다리는 것들이다. 아마도, 혼돈 속의 우리에게 꿈을 꾸게 만들 수 있는 것은 기다림 그것이 유일한 것일지도 모른다.

먼 후일, 우리가 "나는 날씨가 어떤지 더 이상 모른다. 하지만 내 인생의 날씨는 영원한 따스함이었다. 마치 땅이 춘분점에서 잠들어 버리기라도 한 것처럼."●라고 말할 수 있게 만드는 것 역시 기다림뿐일 것이다.

● 〈이제 그만〉, 사무엘 베케트

사무엘 베케트는 말했다. "고도가 누군지는 저도 모릅니다. 만약 알았다면 벌써 말을 했을 겁니다." 이것만큼, '고도'가 누군지에 관해 명확하게 말한 정답은 없을 것이다. 작가가 '고도'가 누구인지 알고 있거나 그것을 작품 속에서 말해버렸다면, 그것은 명백한 거짓말이 된다. 그리고 그것은 고도를 기다리고 있는 블라디미르와 에스트라공에게 슬픔을 던져 주는 것에 지나지 않는다.

　내가 타자를 모르듯, 타자도 나를 알 수 없다. 타자마다의 수없이 많은 타자는 더욱 알 수 없는 존재들이다. 그런데 타자의 타자인 '고도'가 누구인지 안다는 것은 오만이며 기만이다. 그래서 누군지 혹은 무엇인지 알 수 없는 '고도'는 모두에게 미지의 것, 미래의 것으로서 저마다의 타자로 남아 있는 것이다.

꿈 너머로 날아가 버린 '고도'를 꿈속으로 불러들여야 한다. 우리의 삶은 기다림과 혼돈에서 벗어날 수는 없다. "문제들이 더 이상 문제가 되지 않았던 때가 과연 있었을까? 마지막 질문까지 사산된. 이미. 파악되자마자. 이미. 대답하는 게 더 이상 문제가 되지 않았던 때."*는 없었다.

● 〈잘못 보이고 잘못 말해진〉, 사무엘 베케트

그래서 우리는 '고도'를 기다려야 한다. 기다릴 수밖에 없다. 꿈속에서라도 기다려야 한다. 내 속의 문제를, 내 주변의 문제를, 우리의 문제를 기다림으로 위로하고, 기다림으로 꽃 피게 해야 한다. "더 이상 희망이 없다는 것을 안다 해도 기다림은 계속된다."● 그래서 기다림의 본질은 초조함이라 말해야 할 것이다. 아니, 초조함이 없는 기다림의 대상은 태양을 동반하지 못한다. 초조함은 결코 슬픔이 아니다. 절망과도 다르다. 슬픔과 절망은 결코 기다림의 앞에 설 수 없기 때문이다.

● 《잃어버린 시간을 찾아서》, 프루스트

그래서 기다림은 우리를 절망 없는 행복으로 이끌 수 있는 것이다. 그 행복은 미래가 우리에게 약속한 선물에 대한 기대이며 동시에 그것은 우리를 현실에서 떨어져 나올 수 있게 도와주는 에너지다. 심보르스카는 그의 시 〈우화〉에서 우리에게 기다림 속 희망을 이렇게 노래했다.

옛날 아주 먼 옛날에 어부들이 바다 깊은 곳에서 유리병을 낚아 올렸어. 그 병에는 종이쪽지가 들어 있었는데, 거기에는 이렇게 써 있었답니다.

"사람들이여, 나 좀 구해주세요! 나 여기 있어요.
대양이 나를 파도에 싣고서 무인도에 갖다 버렸답니다.
모래사장에 나와 도움을 기다리고 있어요. 서둘러주세요.
나 여기 있을게요."

첫 번째 어부가 말했습니다.
"이 쪽지에는 날짜가 누락되어 있군. 틀림없이 이미 늦었을 거야. 유리병이 얼마나 오랫동안 바다를 떠다녔을지도 모르는 일이고."
두 번째 어부가 말했습니다.
"게다가 장소도 적혀 있질 않군. 대양이 한 둘도 아니고, 어디를 말하는지 통 알 수가 없잖아."
세 번째 어부가 말했습니다.
"늦은 것도 아니고, 멀리 있는 것도 아니야. '여기'라는 섬은 언제, 어디에나 존재하는 법이니까."•

• 《끝과 시작-우화》, 심보르스카

'나는 무엇을 기다릴 수 있는가?' 이제는 '무엇' 보다 '기다릴 수 있는가?'에 더 진지하게 말을 걸어야 할 것 같다.

'무엇'은 관한 선택은 시간과 공간에게 맡긴다고 할지라도, '기다릴 수 있는가?'의 질문은 더 이상 그들의 몫이 아니다.

오직 '나'의 몫이자 운명이다.

그대가 알아야 할 모든 것들은,
이미 여행을 통해 모두 배웠네.

《연금술사》, 파올로 코엘료

"운명이란, 우리가 아는 길을
가는 것이 아니라,
우리가 가는 길을 믿는 것이라네."

우리는 누구나 여행을 꿈꾼다. 그곳에만 가면, 모든 것이 이루어질 것 같기 때문이다. 하지만 우리가 꿈꾼 그곳에는 우리가 꿈꾼 것들이 없다. 어쩌면 우리를 기다리는 것은 사막을 닮은 공허한 공간과 고단한 시간뿐일지도 모른다. 그래도 우리는 여행을 꿈꾸고 오늘도 떠난다.

도대체 왜? 우리는 평온한 소파 위의 시간을 버리고, 사막 위의 모래바람을 뚫고 오아시스를 혹은 피라미드를 찾아가려 하는 걸까? 그 속에는 우리가 찾는 보물이 없다는 것을 알고 있지 않은가? 오아시스에는 별들만 고독하게 떠 있고, 피라미드에는 권력의 그림자만 드리워져 있다는 것을, 그리고 그것이 우리가 찾던 보물이 결코 아니라는 것을 모르지 않는데 말이다.

그래, 언젠가 마지막 여행지에서 우리가 꿈속에서 보았던 놀라운 보물을 발견하는 행운을 맛볼지도 모르겠다. 연금술사가 마침내 납덩이를 황금으로 바꾸는 기적을 맛보는 순간처럼 말이다. 아마도 이것이 우리가 여행을 떠나는 유일한 이유, 혹은 착각일 수도 있으리라.

> "만일, 그대가 찾은 것이 순수한 물질로 이루어져 있다면, 그것은 결코 썩지 않고 영원할 것이네. 그리고 그대는 언제나 되돌아갈 수 있지만, 그대가 본 것이 별의 폭발과도 같은 일순간의 섬광에 지나지 않는다면, 돌아가도 빈손일 수밖에 없어. 하지만 그대는 폭발하는 빛을 본 것이니, 그것만으로도 고된 삶을 살아갈 가치가 있는 것이지."*

● 《연금술사》, 파엘로 코엘료

꿈을 좇아 여행을 떠나는 것이 그리 쉬운 일은 아니다. 꿈을 좇는다는 것은 현실을 버리는 것이다. 이곳 그리고 지금을 부정하고, 너머 그리고 다른 시간을 갈망하는 순간 우리는 몽상의 세계 속에 나타난 독사에게 물리게 될 수도 있다. 붉은 피를 흘리며 우리는 죽어갈 수도 있다. 그래서 꿈을 좇는 것, 여행을 떠나는 것에는 언제나 두려움이 앞선다. 익숙하지 않은 것들 속에서 떨고 있는 시선, 알 수 없는 표지판 위에서 고민하는 발걸음, 불쑥 다가오는 손들에 대한 불안감이 우리 여행을 가로막는다. 하지만 두려움과 함께 떠나야 하는 것이 우리의 운명이다. 두려움 속으로 끊임없이 던져지는 불안한 존재. 볼 수 없고, 단지 느낄 수만 있는 운명의 표지들에 의지해 조금씩 사막을 항해할 뿐. 만약, 여행보다 두려움이 우리를 더 괴롭게 만든다는 것을 알게 된다면, 꿈을 향한 우리의 항해는 파도에 쉽게 부서지지 않을 것이다.

운명(運命), 그것은 이미 누군가에 의해 이미 정해진, 그래서 결코 바꿀 수 없는 삶의 길처럼 생각되곤 한다. 하지만 단어의 의미를 다시 한번 되돌아보자. 운(運)은 '운행하다, 변화하다, 이끌다'라고 해석될 수 있다. '운행하다'는 '명(命)의 궤도를 따라 움직이다'라는 순응성의 의미로, '변화하다'는 '끊임없이 명(命)과 싸우다'라는 도전의 의미로, '이끌다'는 '명(命)보다 앞서 명(命)을 조정하다'라는 주체성의 의미로 해석할 수 있다.

우리는 어떤 단어를 선택해야 할까? 두려움으로 여행을 떠나지 못하는 사람들은 '운행하다'를 선택할 것이며, 두려움을 끌어안고 여행을 떠나는 사람들은 '변화하다' 혹은 '이끌다'라는 단어를 선택할 것이다. 어떤 단어가 다른 것들에 비해 더 큰 힘을 가지고 있는 것은 결코 아니다. 사람마다 꿈과 그것을 찾아가는 방식은 모두 다르기 때문이다. 하지만 가장 슬픈 건, '운행하다'라는 단어를 선택한 후 자신의 현실과 미래에 대해 체념하듯 투덜대며 무기력하게 살아가는 일이다.

양치기 소년, 산티아고는 양 떼를 버리고 피라미드를 향해 떠났다. 운명을 '이끈 것'이다. 그는 여행 도중 연금술사를 만나는데, 그 역시 금이 아닌 '운명'을 바꾸는 연금술사였다. 꿈을 좇는 사람들은 모두 '운명'의 연금술사다. 운명의 연금술사들은 납덩이를 녹이는 불을 사용하지 않는다. 그들은 우주의 언어를 사용한다. 우주의 언어는 만물의 근원과 마음 깊은 곳을 연결해주는 동시성의 에너지이며, 그것은 꿈에 대한 믿음, 그리고 용기다.

그래서 우주의 언어는 순환하며 메아리로 우리에게 돌아온다. 세상을 믿고, 세상의 행복을 노래하면, 우주의 언어는 세상을 꽃으로 채워준다. 세상을 불신하고 세상의 불행을 노래하면, 우주의 언어는 세상을 눈물로 젖게 만든다.

그렇다면, 우리의 운명을 불운 속으로 몰아넣는 것은, 우리의 운명이 '불운'할 것이라는 부정적 생각들이 우주의 언어로 만들어져 만물의 영혼들 속에 잠자던 악마들을 깨운 것이리라. 혹여 우리에게 작은 불운이 실제로 닥쳐왔다 할지라도, 그것은 뱃전에 부딪쳐 이내 사라질 작은 파도에 지나지 않기 때문에 오래도록 간직해서는 안 된다. 그것이 우주의 언어로 굳어질 수 있으며, 우리를 납덩이만 쳐다보는 한심한 연금술사로 만들어버릴 수도 있기 때문이다. 그것은 운명이 우리를 멋대로 끌고 다니며 세상의 웃음거리로 만드는 것을 그저 쳐다만 보는 일이다.

침묵의 시간이 흐른 뒤, 영국인이 위험하겠느냐고 물었다. 낙타몰이꾼은 이렇게 대답했다.

"한번 사막에 발을 들여놓은 사람은 다시는 돌아나갈 수 없지요. 되돌아가지 못할 바에는 앞으로 계속 나아가는 최선의 방법만 생각해야 합니다. 나머지는 모두 알라의 손에 달려 있어요. 위험까지도 포함해서 말이오."●

우리가 꿈을 좇는 길 위에서 위험에 빠지는 것은, 신기루를 만날 때다. 물이 없는 사막에서 물의 그림자를 보는 것이며, 그것은 오랜 갈증이 만들어낸 허상이다. 그것은 꿈에 관한 믿음이 점점 소멸되어 갈 때쯤, 긴 여행으로 우주의 언어가 흐려질 때쯤 우리 앞에 불쑥 나타난다. 그리고 우리에게 속삭인다. '꿈도 신기루처럼 하나의 허상일 뿐이니, 포기하라'고.

●《연금술사》, 파울로 코엘료

어떻게 보면, 정말 신기루의 말이 맞을지도 모른다. 꿈은 구체화되지 않는, 해석을 기다리는 은유의 덩어리이기 때문이다. 그래서 꿈에 관한 해석은 열려 있고, 그것을 해석하고 행동으로 좇아가는 사람들에게는 신기루가 아닌 구체적이고 실제적인 형상으로 다가오게 되는 것이다. 꿈은 자신만이 해석할 수 있는 최후의 신탁이리라. 그러니 신기루의 유혹 따위에 넘어가 신의 목소리를 외면할 수 없다. 오던 길을 되돌아갈 수 없다. 신기루를 뚫고 그저 끝까지 가는 것만이 운명을 '이끄는' 방법이다.

이제 우리가 사막을 건너 꿈속에서 보았던 것 혹은 꿈의 해석들과 만나게 된다면, 그것은 우리에게 질문을 던질 것이다. "내가 당신이 꿈꾼 보물이 맞는가? 보물을 찾기 위해 당신은 너무 멀리 떠나온 것은 아닌가?"라고. 그리고 그것은 이렇게 덧붙일 것이다. "나는 단지 다이아몬드 형상의 돌무덤(피라미드)일 뿐이네."라고.

그렇다면, 우리는 따지듯 그것에 되물을지도 모르겠다. "내가 걸어온 긴 시간은 먼지처럼 의미 없는 것들로 날려 버려야 하나요? 사막을 건너는 동안 나는 많은 돈을 잃었고, 죽음의 공포에 휩싸였으며, 고향과 가족으로부터 멀어지지 않았습니까? 그렇다면 도대체, 꿈속에서 본 보물은 어디 있단 말인가요?"라고.

"너는 이미 보물을 찾았어. 아니, 이미 보물을 만들어 이곳에 가지고 왔네." 그래도 내가 이 말을 이해하지 못한다면, 그것은 한 번 더 이렇게 말할 것이다. "너만의 보물에 관해, 아니면 너의 운명에 관해 그대가 알아야 할 모든 것들은 이미 여행을 통해 모두 배웠네. * 운명이란, 우리가 아는 길을 가는 것이 아니라, 우리가 가는 길을 믿는 것이라네."

니체가 나의 운명에 이렇게 말을 걸어오는 듯하다. "당신은 왜 그렇게 연약하고 굴욕적이고 유순한가? 당신들의 마음속에는 왜 그렇게 많은 부정과 거부가 들어있는가? 당신의 눈길에는 왜 그렇게 시시한 운명밖에는 들어있지 않는가?"**

- 《연금술사》, 파엘로 코엘료
- 《짜라투스투라는 이렇게 말했다》, 니체

긴 세월, 나는 일찍 잠자리에 들었다.

《잃어버린 시간을 찾아서》, 마르셀 프루스트

10

"나 자신도 그녀의 규칙적인
움직임에 따라 가볍게 움직였다.
나는 알베르틴의 수면 위로
승선했던 것이다."

잠자리에 든다. 나만의 방 안에서 꿈을 꾼다. 우리의 과거는 나만이 알고 있는 물건들 속에 꼭꼭 숨어 있다. 우리는 꿈을 통해 그 물건들 속으로 들어간다. 시간과 공간은 우리를 떠나 사라진 것이 아니라 그 물건들 속에서 더 풍성해진 채 우리를 기다린다. 비록 사소한 것들, 너무나 사소한 것들이 담긴 시간과 공간의 물건일지라도 그것이 가진 아름다움을 만끽하기 위해 우리는 꿈이라는 몽환의 도구를 빌려야 한다. 그렇게 우리는 긴 세월 일찍 잠자리에 들어야 우리가 잃어버린 시간과 공간을 되찾을 수 있으리라.

잠은 우리에게 날개를 달아준다. 너무나 가볍고 만질 수조차 없는 날개, 우리가 사랑할 때 연인에게 달아주었던 그 날개를 우리에게 선물한다. 그 날개는 새가 구름 사이를 가로지르듯 우리의 기억이 시간과 공간 속을 가로지를 수 있도록 도와준다. 우리는 무거운 우리의 육신과 영혼이 땅을 떠나 허공 속을 가볍게 떠돌면서 중력을 거스르는 쾌락에 취한다. 꿈속에서는 시간과 공간도 날개를 달고 망각의 강을 건너온다. 그들도 기억이라는 간이역에 모여 나와 함께 새로운 세계로 이동한다. 그곳은 과거를 번역한 새로운 나의 거처가 된다. 마르셀 프루스트가 잠 속에서 수많은 기억을 번역했듯이 말이다.

우리는 어떤 시간과 공간을 번역하고 싶을까? 아마도 그것은 가장 아름다웠던 날들이 아닐까? 사춘기의 맹목적인 사랑, 그것에 빠지는 순간 아무것도 사랑할 수 없게 만들었던 그 미친 사랑을 되살리고 싶지 않을까! 마르셀 프루스트도 허무해진, 그리고 노쇠한 자신의 삶을 힘겹게 이어갈 수 있는 것은 젊은 날의 광기, 미친 사랑 속으로 자신을 되돌려 놓는 것뿐이라는 것을 알았을 것이리라. 그래서 그는 일찍 잠자리에 들어야 했으리라.

나는 내 발치에 누워 있는 알베르틴의 눈을 헤아려보았다. 잠깐 동안 불어온 예기치 않는 미풍으로 떨리는 나뭇잎처럼 가끔씩 가볍고도 알 수 없는 흔들림이 그녀의 몸을 훑고 지나갔다.......이제 조금씩 깊어진 그녀의 호흡 때문에 가슴이 규칙적으로 솟아올랐고...... 나는 깊은 잠의 바다 한가운데 잠긴 의식의 암초에 부딪히지 않으리라 생각하면서 소리 내지 않고 결연히 침대 위로 뛰어올랐다. 그리고 그녀 곁에 나란히 누워 한쪽 팔로 그녀의 허리를 안아 그녀의 뺨과 가슴에 입을 맞춘 다음, 그녀의 몸 위에 내 다른 쪽 손을 마저 올려 놓았는데, ...나 자신도 그녀의 규칙적인 움직임에 따라 가볍게 움직였다. 나는 알베르틴의 수면 위로 승선했던 것이다. *

● 《잃어버린 시간을 찾아서-닫힌 여인》, 프루스트

이보다 아름다운 기억이 있을까? 비록 번역된 과거일지라도 우리의 결핍된 삶을 충만하게 그리고 우리의 메마른 영혼을 흥건히 적실 수 있는 것은 이것 이상 없으리라. 과거의 사랑을 번역하는 것, 그것만큼 순수한 작업도 없을 것이다. 철저하게 '나'의 중심에서 번역되고 꾸며질지라도 그것은 거짓이 될 수 없는 최고의 진실이며 사실이라는 것을 누가 거부할 수 있겠는가? 우리는 자신의 꿈속에서, 그 광기의 시간 속에서, 그 풍요로움 속에서, 끝없이 비상하고자 한다. 그 비상을 통해 원초적 환희에 영원히 갇히고 싶어 한다. 현실 속으로의 추락이 두려웠던 어떤 이들은 그렇게 일찍 잠이 들었던 것이리라.

우리의 꿈은 잃어버린 감각과 의식까지도 되찾아 준다. 아니 아주 작은 감각, 예를 들어 사랑했던 그녀가 풍겼던 가늘고 은밀한 냄새, 그것이 어떤 것인지는 정확하게 알 수 없을지라도 그것은 기억 속에서 놀라울 정도로 선명하고 강하게 우리 앞에 나타난다. 그 감각의 부활로 인해 그때 느꼈던 내밀한 감정이나 관능적 상상까지도 부끄러움 없이 펼쳐진다. 꿈은 갇혀 있던 감각적 욕망에게 새들처럼 신의 신발을 신겨 주고, 닫혀 있던 우리의 심장을 열어젖힌다. 우리의 심장이 다시 누군가를 향해 비상할 수 있도록.

나 자신의 이미지가 그녀의 시선이라는 거울 속에 살짝 비친 것을 눈치챈 후에도 내가 그녀의 내면으로 들어갔는지 의심이 되었다. 그러나 내 입술이 그녀의 입술 위에서 쾌락을 느끼는 것에 그치지 않고 그녀의 입술에도 그것을 맛보게 해주려는 것과 마찬가지로, 나에 대한 생각이 그녀라는 존재 안으로 들어가 거기서 떠나지 않고 나에게 그녀의 관심뿐 아니라 감탄과 욕망을 끌어다 주기를 바랐고, 내가 그녀를 다시 만날 수 있게 될 날까지 나에 대한 추억을 간직하라고 그녀에게 강요하고 싶었다. •

우리의 추억은 은유다. 풀어지고 번역되기를 기다리는 기호화된 한 편의 신화다. 그렇다면 우리는 압축된 신화를 풀어낼 프로메테우스가 되어야 하리라. 우리는 '미리 생각하는 사람'인 프로메테우스가 되어 어쩌면 제우스신이 우리에게 가져다주었을지도 모르는 판도라의 상자, 아름다운 재앙이 가득한 그 추억의 상자 속에서 마지막 남은 희망을 끄집어낼 수 있으리라.

• 《잃어버린 시간을 찾아서》〈꽃다운 소녀들의 그늘에〉, 마르셀 프루스트

'미리 생각한다'는 것은 미래의 우리 삶을 우리가 만들어가는 것으로서 그것의 비밀은 미래가 아닌 과거의 추억 속에 있다는 것을 프로메테우스인 우리는 알고 있다. 판도라의 상자 속에서 이미 쏟아져 나온 온갖 불행과 고통, 그것이 어쩌면 우리의 지나온 삶의 전부일지도 모르겠다. 하지만 판도라의 상자 속에는 아직 희망이 남아 있다는 사실을 우리는 또한 알고 있다. 그 마지막 판도라의 상자를 열기 위해 프로메테우스인 우리는 쇠사슬의 속박에서 풀려나 꿈의 세계로 들어가야 한다.

> "약간의 꿈이 위험하다면 거기서 헤어나게 해주는 것은 꿈을 덜 꾸는 것이 아니라 더 꾸는 것, 아니, 온통 꿈만 꾸는 것이라네."●

● 《잃어버린 시간을 찾아서-꽃다운 소녀들의 그늘에》, 마르셀 프루스트

긴 세월, 그 판도라의 상자가 쏟아 낸 고통을 잊기
위해서 우리는 일찍 잠자리에 들어야 한다. 긴 세월
만큼이나 우리는 긴 꿈의 여행길에 올라야 한다. 간
혹 헤어나기 힘든 상처 안에 갇혀 발이 묶일 수도 있
지만, 우리에겐 신의 신발이 있기에 그것들을 밟고
가볍게 날아오를 수 있으리라. 독수리가 프로메테우
스의 간을 한낮 동안 쪼아 상처를 낼지라도 밤이 되
면 이내 다시 상처가 회복되듯이 우리는 밤을 기다려
한낮의 상처를 치유할 수 있으리라.

물고기가 물결에 몸을 맡겨 헤엄치듯 우리는 밤
의 흐름에 몸을 맡기고 기억 속으로 유영하면 된다.
긴 세월, 긴 한낮의 고통, 그것으로부터의 해방, 달이
부르는 꿈의 향연으로 우리는 우리를 초대하면 된다.

이제, 잃어버린 시간을 되찾았다. 망각 너머에 밤
이 있었다. 그리고 그 속에는 나의 물건들과 나의 낮
과 내가 보낸 불면의 밤이 있었고, 꿈을 꾸고 있는 내
가 있었다.

사막이 아름다운 건
어딘가에 우물이 숨어 있기 때문이야

《어린 왕자》, 생텍쥐페리

11

"자네 인생 위에 언제나
하늘 한 조각은 지니고
있도록 애써보게"

니체는 말한다. 어른들은 사막 위를 묵묵히 걷는 낙타라고. 그 낙타가 가는 길은 앞서 간 낙타들의 발자국이다. 사막 위의 발자국은 밤바람에 흔적 없이 지워진다. 하지만 희미하게 남은 발자국의 냄새를 맡으며 낙타는 다시 그 길 위를 걸어간다.

그렇게 사막 위의 길은 만들어지고 낙타는 아무 생각 없이 그 길 위에 자신의 발자국을 더한다. 그렇게 걸어간 길 끝에는 우물이 있다. 작지만 쉴 수 있고, 갈증을 해소할 수 있는 낙원이 있다. 하지만 어떤 낙타도 그 우물을 발견하지 못한다.

"사막이 아름다운 것은 어딘가에 우물이 숨어 있기 때문이야."*

    사막을 아름답게 만드는 우물은 아마도 낙타의 눈물일 것이다. 어른들이 우물이 어딘 가에 있을 것이라는 믿음, 그 하나만으로 묵묵히 걸어가며 흘린 눈물이 우물임이 틀림없다. 눈물이 떨어진 자리에는 붉은 꽃의 선인장들이 피고, 낙타의 커다란 눈동자엔 물 먹은 별들이 쏟아져 내린다. 사막 위의 붉은 선인장과 밤하늘의 하얀 장미꽃은 낙타가 걸어온 시간이다.

<hr>

● 《어린 왕자》, 생텍쥐페리

"네 장미꽃이 그토록 소중한 것은 그 꽃을 위
해 네가 공들인 그 시간 때문이야."●

하지만 낙타는 자신이 만든 우물을, 선인장을, 장
미꽃을 보지 못한다. 그는 그저 자신의 그림자만 보
며 걷기 때문이다.

● 《어린 왕자》, 생텍쥐페리

그렇다. 그래서 어른들은 '보아 뱀이 삼킨 코끼리를 단지 중절모라고 착각'했을지도 모른다. 그들에게서 아이들이 갖고 있는 동화의 세계는 사라지고 말았다. 하지만 어른들이 동화의 세계를 버린 것이 결코 아니다. 낙타 위에 실린 짐의 무게가 동화의 세계를 앗아간 것일 뿐, 그들은 동화 세계를 잊은 적이 결코 없다. 그들에게 우물은 동화에서처럼 언제 어디서나 만날 수 있는 곳이 아니다. 오직 그들이 묵묵히 걸어간 사막의 길 끝에만 존재한다는 것을, 그들의 눈물이 멈추는 순간에만 만날 수 있다는 것을 그들은 잘 알고 있다. 그래서 그들의 세계에서는 오직 코끼리가 보아 뱀을 삼킬 수 있을 뿐이다.

니체는 다시 말한다. 낙타의 짐을 벗어 던지고 사자가 되라고. 니체의 말처럼 낙타 중 극히 일부는 드디어 으르렁거리며 사막을 활보하는 사자가 되기도 한다.

그들의 몸은 가벼워지고, 걸음은 빨라지며, 정신은 한결 용맹해진다. 그래서 그들은 아마도 누구보다도 더 빠르게 우물에 도착할 수 있을 것이다. 이제 그들에게는 눈물이나 땀방울을 흘릴 일이 없을지도 모른다. '보아 뱀이 코끼리를 삼키든 코끼리가 보아 뱀을 삼키든' 신경 쓰지 않는다. 그저 그들을 지배하려고 할 뿐.

그들에게 더 이상 동화의 세계는 없다. 어린아이들도 보이지 않는다. 그저 우물에 대한 욕망뿐이다. 하지만 그들이 도착한 곳에 우물은 없다. 우물은 단단한 성벽으로 둘러싸여 있다. 사실 그 안에 우물이 있을 것이라고 아무도 단정할 수는 없다. 하여간 목마른 사자는 성벽을 기어오르거나 문을 뚫고 들어가려고 한다.

  프루스트의 말이 그들의 상태를 대변해주기에 충분하다.

> "나는 병보다 더 심한
> 목마름에 허덕이는 사람들을 보았다.
> 물에 대한 질투로 괴로워하는 사람들이 있다.
> 약의 효능을 알고 있는 육체처럼,
> 또 여인을 필요로 하는 육체처럼,
> 그들은 갈증 때문에 몸을 요구하고 있고,
> 꿈속에서 샘물을 긷는 사람들의 모습을 하고 있다."●

● 《잃어버린 시간을 찾아서》, 마르셀 프루스트

사자는 오로지 돌격할 뿐이다. 자존심과 명예만이 그를 지킨다. 단단한 성벽을 향해 수없이 돌진하긴 하지만 무의미한 사자의 행동은 쳇바퀴처럼 헛돌 뿐이다. 이렇게 목마름에 포로가 된 사자들은 이성을 잃고, 우물은 그들이 생각하는 것 이상이 되어 사자들을 괴롭힌다. 이렇게 우물의 환영에 짓눌리면서도 사자는 결코 뒤를 돌아보지 않는다. 오로지 성벽을 올려다보며 침을 흘릴 뿐. 사자는 이미 어렵게 얻은 자유를 잃어버리고 우물의 노예가 되어버렸다. 절망의 울부짖음이 성벽을 흔들지만 굳게 닫힌 성문은 열리지 않는다. 닫힌 성문은 더 견고해지고 성안의 사자들은 그들에게 한 방울의 물도 허락하지 않는다.

그때 옆에서 사자들의 모습을 안타깝게 지켜보던 어린아이가 말을 건넸다. "그렇게 열심히 으르렁거릴 시간에 우물을 파는 것이 어떨까요?" 모두 어린아이의 말에 귀 기울이는 듯 보였다. "만약 그대들이 메마른 우물 주변에 성벽을 쌓고, 내가 그 외부에 호수를 만든다면, 그대들의 성벽은 저절로 무너지고 말 것이오. 물 없는 도시라는 게 우스꽝스럽지 않을까요?"●

어린아이의 말은 어쩌면 '보아 뱀이 코끼리를 삼킨 것'과 같다고 할 수 있을지도 모른다. 하지만 어린아이가 사자들도 어쩌지 못한 성벽을 무너뜨린 것이다. 오직 직진 방향이 아닌 궤도 이탈의 어딘가에서 우물을 발견한 것이다. 그래서 니체는 다시 이렇게 말하고 싶었을 것이다. '사자의 발톱을 버리고 어린아이의 눈을 가지라고.'

> '사막이 아름다운 것은 어딘가에 우물을 숨기고 있기 때문이야.'

● 《성채》, 생텍쥐페리

이제 우물 있는 곳이 어디쯤인지 우리는 알 수 있을 것이다. 우물이 있는 곳은 한 곳이 아니다. 낙타에게 우물은 자신의 무게를 견디는 눈물 속에, 사자에게 우물은 자신의 발톱을 맹신한 오류 옆에, 어린아이에게 우물은 때 묻지 않은 상상 속에 존재한다. 어린아이는 상상 속에서 모래 위의 거대한 성을 그렸고, 낙타는 그것을 짓기 위해 무거운 짐들을 밤낮없이 날라야 했으며, 성을 독차지하려 했던 사자는 심한 갈증으로 우물을 찾아야 했다. 다시 우물은 어린아이의 상상 속에서 피어났고, 그 곁에 낙타는 무거운 짐을 내려놓았고, 사자는 뜨거웠던 욕망을 식혔다.

"자네 인생 위에 언제나 하늘 한 조각은 지니고 있도록 애써보게"●

● 《잃어버린 시간을 찾아서-스완의 집 쪽으로》, 마르셀 프루스트

신은 죽었다.

《차라투스트라는 이렇게 말했다》, 니체

12

"개인보다 더 다양한 신들이
 개인보다 먼저 태어나고 먼저
 죽는다."

신은 왜 죽었을까? 도대체 신은 누가 죽였을까?

'신은 죽었다'라는 니체의 시적인 명제는 몇백 년이 흐른 지금까지도 해석의 정답을 내놓지 못하고 있다. 아마도 영원히 정답을 찾을 수 없을지도 모르겠다. 그런 까닭에 이 명제는 영원히 죽지 않을 것이다. 그럼, 이제 정답이 될 수 없지만, 또 하나의 정답일 수도 있는 가정들을 찾아가 보자

> "광인이 그들 가운데로 뛰어들어 매서운 시선으로 바라본다. '신은 어디로 갔는가?'라고 그는 소리친다. 나는 당신에게 그것을 말하려고 한다! 우리는 신을 죽였다. 당신과 내가. 우리는 모두 신의 암살자이다!"●

● 《즐거운 학문》, 니체

차라투스트라의 말들을 보면, 인간이 신을 죽였음이 틀림없다. 그렇다면, '왜 죽였을까'라는 의문이 생긴다. 그것은 의도된 살인이 아니었다. 신을 더 소유하고자 하는 인간들의 욕망이 모순의 칼날이 되어 신의 목을 찌른 것이다. 근대 이후 인간들은 '이성'이라는 도구로 신을 정교하게 다듬고 아름답게 치장했다. 어떤 시대에도 없었던 완벽한 도구로 완벽한 신을 만들 수 있다고 생각했고, 그렇게 믿었다. 그렇게 신은 죽어간 것이다. 신은 이성에 갇혀 숨이 막히고 그들의 영역을 제한받으면서 한 없이 작은 존재로 전락해버렸다. 신은 사라지지 않았지만 신은 죽었다.

그렇게 근대의 인간은 겨우내 떨던 꽃망울들이 봄날에 만개한 꽃처럼 보였다. 플라톤의 이데아 세계에 존재했던 신이 현상계로 내려오면서 인간과의 거리는 사라져 버렸다. 하지만 인간들은 인간 안에서 죽은 신의 시체를 보며, 이전보다 더 큰 불안에 갇히게 되었다. 그래서 그들은 또 다른 신을 찾기 시작했다. '이성'은 어떤 신도 만들어낼 수 있다고 믿었기 때문이다. 니체가 '신은 죽었다'라는 명제를 만들 때부터 신은 이미 유한적인 존재일 수밖에 없었다.

　　그렇다면 우리가 믿는 종교적이거나 보편적 이데아로서의 신은 죽지 않은 것이다. 결국 우리가 죽인 것은 유한적 존재이며 개별적 존재로서의 신임에도 불구하고 사람들은 무한의 존재, 중세를 지배했던 보편적 신을 죽인 것으로 착각하고 있다.

니체는 신, 이데아로서의 신을 죽인 것이 아니다. 오히려 '죽임을 당할 수 있는 신들'을 탄생시킨 것이다. 개인은 '이성'이라는 무기로 자신에게 필요한 신들을 언제든지 만들 수 있게 되었으며, 동시에 자신의 욕구 변화와 함께 죽임을 당할 수 있는 신도 만들게 된 것이다. 언제든 죽임을 당할 수 있는 신에 관한 개인들의 믿음은 이데아로서의 신에 대한 믿음과는 달랐다. 오히려 죽임을 당할 수 있는 신은 개인에게 불안의 근거이거나 박탈감의 원천이 될 뿐이었다. 이데아로서의 신은 행복과 불행 모두를 통해 인간을 통제한다. 하지만 개인이 만든 신은 언제나 행복과 성공만을 위해 존재해야 하며, 그것에 관한 의무만이 신의 존재 근거가 될 수 있는 것이다.

하지만 인간 삶의 대부분은 불행과 실패가 지배하는 것이 더 자연스러운 것이다 보니 만들어진 신의 존재는 늘 위태로운 것이었다. 그렇게 신들은 빠르게 죽어가고 그들의 주검은 인간의 심장 속에 안치되어 눈가의 어두운 그림자로 떠돌고 있다.

"새로운 전투-부처가 죽은 후에도 사람들은 여전히 수세기 동안 동굴 속에서 그의 그림자, 참으로 가공스럽고 무서운 그림자를 보여주었다. 신은 죽었다. 그러나 인류에게는 수천 년 동안 이러한 동굴이 존재하고 있다."●

　개인이 만든 신, 이데아적 신의 그림자, 우상이 오늘도 태어나고 내일 또 죽는다. 개인보다 더 다양한 신들이 개인보다 먼저 태어나고 먼저 죽는다. 우상은 유행처럼 만들어지고 바람처럼 흔적 없이 사라진다. 나의 죽어버린 신이 '너'의 우상으로 다시 태어나고 '너'가 만든 신이 '나'의 우상을 죽인다. 간혹 동일한 신이 만들어지면, '나'와 '너'는 동지가 되거나 혹은 경쟁자가 된다. 하지만 이런 가운데 우스운 것은 '우리'가 만든 신에 의해 우리도 서서히 죽어가고 있다는 점이다. 니체는 우리가 신을 죽인 후 또 다른 신을 만들고 파괴하는 과정에서 극도의 불안과 우울 그리고 실존의 공포에 휘말려 있는 모습을 예리하게 포착한 것이다.

● 《즐거운 학문》, 니체

신은 개인의 결함과 결핍에서 태어난다. 그래서 만들어진 신들은 아름다울 수 없다. 추할뿐이다. 이렇게 추한 신을 오히려 아름답다고 인식하고 맹목적으로 추종하는 인간은 그 신들을 닮아간다. 그래서 인간은 더없이 추해진다. 순수한 목적으로 만들어진 신, 도덕적 모습으로 살아가는 신은 약하다. 그들은 그저 다른 신들의 사냥감이 될 뿐. 결국, 인간의 삶은 그리스 신화가 보여주는 신들의 세계와 다르지 않다. 신들의 전쟁터, 그것이 인간의 현재다. 시간, 권력, 돈, 美 등의 신들이 쉬지 않고 싸우고 있으며 패배한 신들의 잔해는 시기, 질투, 모함의 신으로 부활한다. 하지만 개인은 이 신들을 자신들이 만든 것이 아니라며 손사래를 친다. 하지만 입이 열리는 순간마다, 시선이 닿는 곳마다 '악의 꽃'이 피어난다. 어찌 자신이 만든 신이 아니라고 우길 수 있겠는가.

신은 죽었다. 하지만 신은 죽지 않는다. 단지 신에 관한 인간적 해석과 욕망의 투영만이 죽을 뿐이다. 해석과 욕망으로 빚어진 신들은 점점 거대해지고 더 이상 강해질 수 없는 순간이 오면, 다시 말해 극도의 절망과 우울감이 '나'를 지배할 때, 타자보다 '나'의 심연을 바라보는 순간들로 시간이 채워질 때, 비로소 거대했던 신들도 죽음을 맞이하게 된다. 허무가 신을 죽이고 허무를 이기기 위해 신을 만들 수밖에 없는 운명의 굴레에 갇힌 존재가 인간이리라.

니체도 허무주의를 너무도 사랑했던 인간이었으니 어찌 신을 죽이지 않고 살 수 있었겠는가? 어떻게 새로운 신을 만들지 않고 삶을 이어갈 수 있었겠는가? 이렇게 인간은 신의 주인이면서 노예일 수밖에 없는 모순의 존재이다.

오늘, 나는 어떤 신을 죽이고 있는가? 아니면 어떤 신을 새롭게 만들고 있는 걸까? 신을 만드는 순간, 우리는 그 속에 갇히게 된다. 우리가 막대기로 운동장에 커다란 원을 그리면서 자신이 그 속에 갇힌다는 사실을 인지하지 못하는 것과 같다. 그 원으로부터 벗어나는 길은 원을 다시 지우는 것뿐이다. 오늘, 나는 나의 마지막 신을 죽이련다. 그리고 다시 신을 만들지 않겠다고 다짐한다. 구원의 길은 신에게 있는 것이 아니라 신을 죽인 후에 찾아오는 첫 번째 무엇임을 눈 시리도록 하얀 벚꽃들이 말하고 있지 않은가?

나의 슬픔과 행복은 저 봄날의 흩날리는 벚꽃을 외면하는 것과 소리를 지르며 감탄하는 감정들 사이에 존재할 뿐, 결코 신의 손에 있지 않다는 것을 나는 알았다. 그렇게 슬픔과 행복을 천천히 오가는 것이, 그것들 중 어느 한쪽만을 갈망하지 않는 것이 나의 영혼을 구원할 수 있는 유일한 길임을 나는 알았다.

화를 내는 것은 솔직함이라기보다
분별없음이다.

《화에 관하여》, 세네카

13

"분노는 기묘한 사용법을 지닌
무기다.
다른 무기는 사람이 사용하지만
분노라는 무기는 반대로 우리를
사용한다."

화의 시대다. 화는 여기저기 우후죽순처럼 자라고, 쉽게 자란 죽순은 숲을 병들게 만든다. "인간은 인간에 대해 늑대다."라는 플루타르코스의 철학이 되살아나고 있는 듯 보인다.

얼굴 없는 파괴의 욕망, 화는 인과의 고리를 무시한 채 불특정한 타인들을 향해 독 품은 화살처럼 무섭게 날아다니고 있다.

과거에는 상대방이라는 분명한 화의 원인이 존재했고, 그것만을 향해 활을 쏘면 됐다. 하지만 지금은 그렇지 않다는 사실이 더 무섭다. 그 화살이 나만을 비켜갈 리가 만무하기 때문이다. 중요한 건, 이런 화살을 모두가 가지고 있는 탓에 내가 쏜 만큼 혹은 그 이상으로 화살이 내게로 다시 돌아온다는 것이다.

비극이다. 상상할 수 없었던 공멸이다. 그런데 더 큰 비극은 화가 결코 사라질 수 없다는 점이다. 활을 쏘는 사람들은 하나같이 '나는 아무 잘못도 없다. 당신이 잘못 했을 뿐.'이라는 도덕적 신념을 맹신하고 있기 때문이다.

정말 화는 도덕적으로 깨끗하다는 것을 증명할 만한 도구가 될 수 있을까? 그건 분명 아니다. 그것은 오히려 불쾌한 감정을 여과 없이 분출하는 일시적 광기에 지나지 않는다. 동물들이 목표물과의 긴장 상태에서 거품을 품고, 눈을 붉게 물들이는 것과 다르지 않다.

화는 타자의 존재를 무시한 채, 눈과 귀가 먼 사람처럼 그저 자신의 감정에만 구속되어 '으르렁'거리게 만든다. "분노는 기묘한 사용법을 지닌 무기다. 다른 무기는 사람이 사용하지만 분노라는 무기는 반대로 우리를 사용한다."라는 몽테뉴의 말처럼, 화는 우리를 지배한다. 감정의 포로가 된 나머지 우리는 도덕적 결백과는 점점 더 멀어지는 꼴이 되고 만다. 또한 화는 상대의 도덕성을 물어뜯을 수 있는 힘이 없다. 이미 화를 통해 감정이 이성을 지배함으로써 나의 분별없음을 드러냈기 때문이다. 분별없음은 어떤 상태도 변화시킬 수 없다. 그것은 능력도 아니며 심연에 존재하는 선한 본능도 아니다. 단지 파괴적 감정의 상징일 뿐이다.

화는 화(火)다. 음양오행설에서 화는 우주를 혹은 인간을 주재하는 중요한 요소 중의 하나다. 화가 적절하게 운용된다면, 우주는 평화로울 것이다. 화로 음식을 하고, 화로 어둠을 밝히고, 화로 차가운 것을 녹인다. 이런 모습은 相生의 기운으로서의 화가 발현된 결과이다.

하지만 화가 커지면 반드시 相克으로서의 기운을 만나게 되고, 결국 화는 소멸하게 된다. 화가 火魔가 되어 주위의 것들을 집어삼키는 순간, 상극인 水를 만나게 되는 것이 그것이다. 우주로서의 우리의 몸도 이런 이치로 존재할 수 있는 것이다. 화는 우리의 피를 따뜻하게 만들어 모든 세포 조직의 에너지가 되어준다. 화가 적절히 조절되어 오히려 우리를 살게 하는 것이다. 이때의 화는 나와 나를 이루는 내부의 것들과 상생하는 기운이다.

하지만 화가 정상의 범위를 넘어 필요 이상으로 가득 차게 되면, 반드시 외부를 향해 빠져나갈 수밖에 없다. 이미 몸의 피는 38도가 넘어 펄펄 끓고 있으며, 모든 세포들은 과부하 상태가 되어 타들어가는 현상이 발생한다. 화가 나를 죽이는 화마가 되는 순간이다. 화는 자신의 계획에 관한 확고한 신념에도 불구하고 이것이 실행되지 못할 때, 동시에 타인의 비도덕적이며 보잘것없어 보이는 계획이 실행되는 것을 보는 시점에서, 그리고 자신의 진솔한 마음을 타인이 알아주지 못해 소외의 감정이 샘솟는 지점에서 발화가 시작되어 앙갚음이라는 화마로 타오르게 되는 것이다. 화마가 자신을 먼저 태우고 있다는 사실을 우리가 어찌 알겠는가. 그 무지, 그것이 슬픔이다. 이때 필요한 것은 화의 상극으로서의 물, 즉 웃음이다.

"화가 당신을 버리는 것보다 당신이 먼저 화를 버려라. 그동안 다른 사람들을 괴롭히고 우리 자신도 괴롭히는 고통을 안겨준 화. 우리는 좋지도 않은 그 일에 귀한 인생을 얼마나 낭비하고 있는가! 화를 내며 보내기에는 우리의 인생은 얼마나 짧은가!"[*]라는 세네카의 말처럼 화로 우리의 삶을 망칠 수는 없다.

웃음, 그것이면 충분하다. 상대방에 대한 앙갚음을 오히려 웃음으로 넘길 때 화는 삶을 돋우는 에너지로 전환될 수 있을 것이다. 움베르토 에코도 세상의 바보들에게, 화를 부르는 이들에게 화가 아닌 웃음으로 의연하게 대처하지 않았던가?

● 《화에 대하여》, 세네카

다음 날 아침 숙박비를 계산하러 내려갔더니 천문학적인 금액이 나를 기다리고 있었다. …… 내가 이틀 반 만에 뵈브 클리코 수백 리터, 아주 희귀한 몰트위스키를 …… 나는 사정을 해명하려고 애썼다. 그러나 데스크의 인도인 직원은 구장 잎을 많이 씹어서 시커멓게 된 이빨을 다 드러내고 벌쭉벌쭉 웃으면서 그 모든 것이 컴퓨터에 기록되어 있음을 내게 확인시켰다. 내가 변호사를 불러 달라고 하자, 한 종업원이 망고 한 개를 가져다주었다. •

• 《세상의 바보들에게 웃으면서 화를 내는 방법》, 움베르토 에코

움베르토 에코는 호텔 방의 음료수와 술을 마시지 않았고, 단지 자신의 연어를 보호하기 위해 냉장고에서 음료수와 술을 잠시 빼놓았던 것뿐이다. 이런 사실을 직원에게 말했음에도 불구하고 알아듣지 못한 호텔 직원은 오히려 그것을 에코가 마신 것으로 계산했다. 얼마나 어처구니없는 일인가? 화가 치밀어 오르는 상황이다. 그래서 그는 변호사(아보 카트)를 요구했는데 오히려 호텔 직원은 웃으면서 열대 과일 망고(아보카도)를 가져다준 것이다.

웃음이 화를 이긴 순간이다. 어이없음에 대한 본능적인 웃음이 솔직함이 아닐까. 아니 솔직함 그 이상의 초월점이 웃음일 것이다. 내가 왜 별것 아닌 것에 '나'를 위태롭게 매달아 놓았는지, 상대방을 증오의 감정으로 파괴하려 했는지에 관한 순간적이고 유쾌한 성찰이 아닐까? 화의 끝은 나를 잃고 상대방을 잃는 허무의 종착지일 뿐이라는 것을 웃음은 알고 있었으리라.

다시, 주역으로 돌아가 보면, '수풍지정'이라는 괘를 만날 수 있다. 우물은 땅을 파고 밑바닥에 나무의 목을 우물 정(井)자로 괴어 돌과 흙으로 쌓아 올린 마을 공동의 생수원이다. 나무 위로 물이 있는 형국이다. 일반적인 통념과는 반대라고 할 수 있다. 물은 나무의 뿌리에 있어야 하기 때문이다. 하지만 이런 역설적인 상황만이 마르지 않고 누구나 마실 수 있는 물을 저장할 수 있으며, 오히려 더 청정한 빛을 띠는 생명수가 될 수 있는 것이다. 화도 마찬가지이다. 위치를 바꿔 보자. 웃음을 위에 두고 화를 밑에 두자. 그러면 웃음은 끝없이 길어낼 수 있고, 누구든 쉽게 공유할 수 있는 긍정의 감정이 될 수 있다. 이럴 때 웃음은 확장과 역설의 미학이 된다.

'다이몬(demon)'은 에페소스의 철학자 헤라 클리토스의 "습관은 인간에게 운명이다."라는 말에서 비롯되었다. 그런데 역설적이게도 그리스어 '습관(daimon)'은 영어 '악마(demon)'의 어원이다.

이 변화를 어떻게 해석해야 할까? 이것은 아마도 인간의 '습관' 중에서는 선한 것들을 찾아볼 수 없다는 방증이며, 결국 인간은 자신이 속한 사회와 환경에 의해 나쁜 습관을 가질 수 밖에 없으며, 그 습관이 자신을 만들고, 또한 그 습관이 전염되어 사회의 악이 되었음을 말하는 것이라 추론해볼 수 있다. 여기서 중요한 것은 헤라 클리토스는 '습관이 악'이라고 말하지 않았다는 점이다. 그에게 습관은 인간의 운명을 결정짓는 가장 중요한 방향 키였을 뿐, 이미 결정된 그 어떤 것이 아니었던 것이다.

결국, 인간의 삶은 자신의 생각과 그것의 실천으로 만들어진 습관이 결정하는 것이다. 그래서 아리스토텔레스도 《니코마코스 윤리학》에서 최고의 목적을 최고의 선의 상태인 행복((eudaimonia)에 두고 있다. 여기서 행복의 그리스어를 풀어보면, '습관을 기르는 것 혹은 끄집어내는 것'이다.

우리는 집을 지어봐야 건축가가 되고 악기를 연주해봐야 연주가가 된다. 이와 마찬가지로 정의로운 행위를 해야만 정의로운 사람이 되고, 절제 있는 행위를 해야만 절제 있는 사람이 되며, 용감한 행동을 해야만 용감한 사람이 된다. •

　이처럼 탁월성을 갖춘 행위, 행복을 만들어내기 위한 실천은 반복이 만든 습관이며 이것이 행복의 상태에 이르게 할 수 있는 것이다. 화도 습관이며, 웃음도 습관이다. 화의 통제와 웃음의 습관화만이 우리를 행복에 이르게 할 수 있을 것이다.

•　《니코마코스 윤리학》, 아리스토텔레스

가능만을 물을 수 있다.
불능은 그 자체가 질문이다.

《예상 밖의 전복의 서》, 에드몽 차베스

14

"사유를 보는 유일한 자는
고독이다.
고독을 감시하는 자는
단어들이다."

사유는 타자와의 만남으로 죽고,
타자의 죽음으로 인해 산다.
사유는 무형의 단어들로 지어진 고독의 방에 거
처한 無다.
사유는 방벽, 무형의 단어 혹은 그들의 연결을
본다.
사유를 보는 유일한 자는 고독이다.
고독을 감시하는 자는 단어들이다.

단어는 묻는다.
"독자는 누구인가?"

신은 단어들의 질문에 답하지 않는다.
그렇게 신은 내게 분명하게 왔다.
만약, 신이 단어들의 질문에 답했다면,
신은 단어의 거처에 갇힌 사유가 되며
그렇게 그의 존재는 존재할 수 없게 된다.

하지만,
고독은 들었다.
신의 침묵을, 생생하게
그것은 신의 언어였다.

신의 침묵은 고독의 단어들에게 물었다
"들판의 누런 곡식들,
저 문장들은 베어지기를 기다리는
오래된 시간들인가?
아니면 영원을 꿈꾸는 無인가?
저 시퍼런 시간의 낫들이
그들의 목을 겨누는 것은
'금지'를 위한 경계인가?
'소멸'을 위한 처형인가?"
....

'금지'될 수 있는 것들은 결코 '소멸' 될 수 없으며
'소멸' 되어야 하는 것들은 시간의 낮에 베어질 것
이다.

신의 침묵은 사유를 사유하게 만들었다.
사유는 베어질 수 없는 것들을,
사유할 수 없는 것들이 없다는 것을
사유한다.
또한 사유를 막을 수 있는 것 또한 없다는 것을
사유한다.

그리고
사유는 고독의 단어들을 불러 그것들을
이내 '죽인다'.

'죽음'
그것은 고독을 만든 단어들에 의한 '살아남'이다.
'죽음의 삶'과 '죽음의 죽음'에 관한 결정
그것은 사유가 고독의 단어들에게 부여한
독점적 권리이며 의무이다.
고독의 단어들 속에서 '죽음'은
눈물만이 아니다.
별과 어둠이다.

사유에게 질문은 별이며,
대답은 별의 반짝임이다.
그 대답이 정답이라고 확신하며
고개를 끄덕이는 것은
짙은 밤이다
어둠이다.
어둠이 고독의 단어들을 낳았기 때문이다.

단어는 다시 묻는다
"그렇다면 도대체,
누가 독자란 말이오?"
그것은
신의 언어가 만든

'사막'

나는 사람을 죽인 것이 아니다.
주의(主義)를 죽인 것이다.

《죄와 벌》, 도스토옙스키

15

"오직 그녀의 몸만이 그녀의
희망이다. 하지만 우스운 것은
거부(巨富)의 더러운 유혹이,
찢어진 사랑의 상처가, 악마의
고단한 영혼이, 권력자의 음흉한
냄새가 그녀의 하얀 몸 앞에서
무거운 옷을 벗는다는 것이다."

라스콜리니코프라는 젊은이가 노파를 죽였다. 대학생인 그가 전당포 주인, 욕심 많은 부자, 이기주의자인 노파를 도끼로 죽였다. 왜? 어떤 이유가 그에게 그렇게 끔찍한 살인을 저지르게 했을까? 지적인 이론에 지배당한 젊은이와 그저 돈을 사랑하는 노인의 삶은 사회주의라는 시간과 러시아라는 나라 안에 살고 있다는 것 외에는 어떤 교차점도 없다. 그렇다면, 우발적인 사고일까? 아니다.

살인 후 라스콜리니코프는 이렇게 고뇌한다. '노파는 아무것도 아니야!' 그가 격정에 휩싸이며 열렬히 생각했다. '노파는 실수였을 수도 있지만, 문제는 노파가 아니다!' 노파는 그저 병에 불과했고...... 나는 차라리 넘어서고 싶었던 것이다. ......나는 사람을 죽인 것이 아니다. 주의(主義)를 죽인 것이다. 주의는 죽였지만 정작 그것을 넘어서지는 못하고 이편에 남게 되었다. ...... 할 수 있었던 것은 죽이는 것뿐이었다. •

• 《죄와 벌》, 도스토옙스키

그렇다면, 우리는 무엇을 죽여야 할까? 라스콜리니코프처럼 '주의(主義)'를 죽일 수 있을까? 과연 우리는 주의를 가지고 있기는 할까? 가지고 있다면 무엇이 죽여야 할 주의이고, 무엇이 살려야 할 주의인가를 판별할 수 있을까?

생각해 보면, 사회가 거대해지면서 주의도 함께 거대해지고 셀 수 없이 많아졌다. 주의는 지금도 우리 옆에서 새롭게 태어나고 자라고 있다. 우리의 의지와 상관없이 주의는 우후죽순처럼 자라고 있다. 그렇게 자라나는 주의는 다윈의 적자생존의 원리대로, 선택되어 죽거나 강해진다.

주의를 만드는 것은 소수의 지식인들이지만 그것을 선택하고 자라게 하는 것은 우리다. 주의에는 대중의 피가 흐르고 있다. 그래서 주의는 거대한 힘이며 어떤 것도 집어삼킬 수 있는 악마다. 이것은 인간의 본성까지도 갈아치우는 도덕 중의 도덕이다.

주의 앞에 선 개인은 그저 나약한 존재일 뿐이다. 소크라테스를 죽인 것은 악법이 아니라 주의였다. 아테네는 스파르타와의 펠로폰네소스 전쟁에서 패한 후 민주주의라는 화장으로 얼굴을 가린 중우정치가 판을 치고 있었다. 독점적인 정치가들에 의해 만들어지고, 우매한 대중들에 의해 완성된 중우정치가 단단한 주의로 탄생한 것이다. 중우정치라는 주의와 소크라테스라는 개인이 벌인 전투에서 소크라테스는 참패하고 말았다. 소크라테스는 재판장에서 중우정치를 비판하고 자신을 옹호하기 위해 이렇게 역설했다. "말(馬)의 경우는 어떻소? 그대는 모든 사람들이 말을 더 낫게 만들어 주지만, 오히려 해를 끼치는 사람은 오직 한 사람뿐이라고 생각하는군요. 오히려 말을 더 훌륭하게 만드는 이는 한 사람이거나 소수 전문가인 반면, 말과 함께 지내며 그것을 이용하는 대부분의 사람들이 오히려 말을 망쳐 놓는 게 아닐까요?"●

●《소크라테스의 변명》, 플라톤

주의는 주의를 낳는다. 주의를 모방한 유사한 주의를 낳거나 주의를 죽이려는 대립의 칼을 든 주의도 탄생시킨다. 우리의 몸이 커지면서 그와 비례적으로 퍼져가는 모세혈관이 우리의 목숨을 조정하듯이 주의도 우리의 성장과 더불어 우리의 목을 더 강하게 조여 온다. 내게 어떤 주의가 있는지도 모른 채 우리는 또 다른 주의에 물들고 그 속에서 나를 잃어버린다. 주의와 주의의 싸움은 내 안에서부터 시작되고 승리한 주의는 타자와의 싸움으로 번져간다. 자신이 맹신하는 주의는 더 이상 주의가 아니다. 곧 자신이면서 신이다. 이것을 잃거나 이것이 다른 주의에 의해 깨진다면, 나 역시도 유리조각처럼 깨지고 만다.

라스콜리니코프는 두 개의 주의를 죽였다.

하나는 자신으로서의 주의였다. 지성과 양심의 괴리에서 고뇌만 할 뿐 행동적 정의를 만들어내지 못하는 나약한 지식인들이 소유한 주의가 그것이다. 부자인 노파의 돈을 빼앗아 가난한 젊은이들에게 나눠주는 것이 정의롭다고 생각하는 지성과 그것을 행동으로 옮기지 못하는 무기력한 존재 사이를 극복하고 살인의 행동으로 걸어 나간 것, 그것이 자신이라는 주의를 죽인 것이다.

다른 주의는 사회주의다. 가난이 없는, 누구든 꿈을 꾸며 살 수 있는 사회를 보장하리라고 외쳤던 사회주의가 오히려 모순 덩어리가 되어 라스콜리니코프 앞에서, 도스토옙스키 앞에서 자신을 조롱하고 있었던 것이다. 그래서 라스콜리니코프는 그 부조리의 형상, 노파를 부숴버릴 수밖에 없었다. 라스콜리니코프는 노파를 죽인 것이 아니다. 자신을 죽인 것이며, 주의를 죽인 것이다. 그래서 그는 죄가 없다.

라스콜리니코프는 '주의는 죽였지만 주의를 넘어서지는 못했다. 그저 다른 편으로 옮겨 왔을 뿐이다.' 소크라테스도 자신을 죽임으로서 주의를 죽였다.

하지만 역시 주의는 넘어서지 못했다. 그저 다른 편, 죽음으로 자신을 옮겨 놓았을 뿐이다. 하지만 라스콜리니코프는 소크라테스와 달리 주의의 반대편에 섰다. 그곳은 창녀의 곁이다. 주의가 절대 들어설 수 없는, 순수한 인간 본연의 시간과 공간만이 존재할 수 있는 그곳, 어린 창녀 소냐. 실직한 아버지, 폐병 환자 의붓어머니와 이복동생들을 위해 거리의 여인이 된 천사.

그녀에게 주의는 없다. 오직 삶의 절박함뿐이다. 어떤 주의도 그녀의 삶을 구할 수는 없다. 오직 그녀의 몸만이 그녀의 희망이다. 하지만 우스운 것은 거부(巨富)의 더러운 유혹이, 찢어진 사랑의 상처가, 악마의 고단한 영혼이, 권력자의 음흉한 냄새가 그녀의 하얀 몸 앞에서 무거운 옷을 벗는다는 것이다. 라스콜리니코프도 그녀의 발에 키스하며 이렇게 말했다.

"당신에게 키스한 것이 아니라 인류의 고뇌에 키스를 했다."

주의는 기만이다. 타인을 그리고 나를 멍들게 하는 속임수다. "인간이란 언제나 남에게 속기보다는 자기가 자기에게 거짓말을 하고 싶어 합니다. 그리고 당연히 남의 거짓말보다는 자기 거짓말을 더 잘 믿지요."*라는 표트르의 말처럼 우리는 이미 주의라는 거짓말의 포로가 된지 오래다. 주의는 희망 그 자체가 되었고, 그것을 버리는 것은 패배의 늪으로 절망을 안고 뛰어드는 바보짓임을 너무도 잘 알고 있다. 민주주의, 자유주의, 자본주의 어느 것 하나 무섭지 않은 것이 없다. 이제 이것들은 인간의 중요한 본능이다. 도덕이다. 이 사실을 누구도 의심하지 않을 것이다. 이렇게 우리는 주의의 기만에 무릎을 꿇고 말았다. 하지만 우리는 라스콜리니코프처럼 주의를 죽여야 한다. 주의의 정수리를 내리쳐야 한다. 그리고 소냐 앞에 무릎 꿇고 그녀의 발에 키스해야 한다.

"감옥 없이도, 우리는 우리 모두가 이미 수감되어 있다는 것을 알고 있을 것이다."**

● 《악령》, 도스토옙스키
●● 《카오스의 글쓰기》, 모리스 블랑쇼

죄와 벌은 우리의 바깥이 아니다. 우리 안에서 우리의 주의가 건네는 말들에 우리는 침묵하고 있을 뿐.

진정한 배움이란...... 할 수 있는 것만 알면 되는 것이 아니라...... 어쩌면 해서는 안되는 것까지 알아야 하는 것이다.

《장미의 이름》, 움베르토 에코

16

"혼적이라는 것이 꼭 몸의
무게에 의해 생기는 것도
아니다. 때로 인간의 육체가
인간의 마음에다 혼적을
남기기도 한다."

책, 그것은 미궁이다. 작가들이 복잡하게 만들어 놓은 문장들은 미노스의 미궁이며, 우리는 그 속에서 헤매고 있는 테세우스일 것이다. 식인괴물 미노타우로스를 죽이고 다시 빠져나올 수 있게 도와준 그 실타래는 어쩌면 영원히 우리에게는 주어지지 않을 수도 있다. 테세우스와 달리 우리는 그 실타래를 우리가 스스로 찾아야 하기 때문이다. 우리는 조심스럽게 계단을 밟고 더 깊은 곳으로 내려가야 하며, 알 수 없는 방들을 지나면서 숨겨진 수수께끼들을 풀어야 미궁에서 탈출할 수 있다. 책 속에, 미궁 속에, 삶의 미로 속에 우리는 갇힌 것이다.

지나온 흔적들을 되새기면서 지금의 나를 확인하는 것만이 앞으로 나아갈 수 있는 유일한 방법이다. 흔적을 놓치는 순간 흔적만 잃는 것이 아니라 우리가 나아갈 길, 그리고 돌아갈 길을 잃어버리게 된다. 흔적은 시간이 만든 유일한 실타래이기 때문이다.

그런데, 우리는 간혹 그 흔적 때문에 더 깊은 미로 속으로 빨려 들기도 한다. 특히 '거울의 방'을 지날 때면 우리는 걷잡을 수 없는 혼돈 속으로 빠져들게 된다. 조심해야 한다. 거울은 우리의 영혼을 흔들어 흔적의 방향을 지워버리기 때문이다. 감춰진 비밀의 방과 그 속에 숨겨진 책을 찾기 위해 윌리엄 수사와 아드소가 거울의 방 속에서 한동안 길을 잃었던 것처럼 말이다. 거울 앞에서 윌리엄 수사는 아드소에게 이렇게 말한다.

거울이라는 것은 표면을 깎는 데 따라 작은 것을 크게 보이게 할 수도 있고, 형상을 거꾸로 보이게 할 수도 있으며, 심지어는 흐리게 보이게 할 수 있다는 것이다. 뿐이냐. 하나의 형상을 두 개로 보이게 할 수도 있고, 두 개의 형상을 네 개로 보이게 할 수도 있다고 했다. 그러니 거울을 이용해서 우리가 조금 전에 보았듯이, 난쟁이를 거인으로, 거인을 난쟁이로 보이게 하는 것쯤이야 실로 여반장일 터이다. •

● 《장미의 이름》, 움베르토 에코

이렇게 우리의 앞길을 막는, 그리고 우리의 흔적을 지워버리는 거울로서의 문장들, 그것은 피해야 할 길이 아니다. 그것은 불쑥불쑥 우리 삶에 등장하는 고뇌의 사건이나 시간과 다르지 않다. 거울은 미궁을 설계한 다이달로스의 작품이 아니다. 그것은 우리의 흔적들이 모여, 그것이 복잡하게 얽히고설킬 때 만들어지는 우리의 작품이다.

책의 문장들, 우리의 가슴을 퉁 치거나 머리를 흔들어놓았던 문장들이 곧 내 삶이 될 수 없고, 동시에 나의 흔적이 될 수도 없다. 하지만 우리는 그 문장의 은유에 빠져 내 삶을 아름답게 혹은 비참하게 만들곤 한다. 그렇게 우리가 만나는 문장들은 자신을 비추는 혼돈의 거울이 된다.

> "흔적의 모양이 그 흔적을 남긴 몸의 모양과 늘 같은 것은 아니며 또 흔적이라는 것이 꼭 몸의 무게에 의해 생기는 것도 아니다. 때로 인간의 육체가 인간의 마음에다 흔적을 남기기도 한다." *

● 《장미의 이름》, 움베르토 에코

하지만, 미궁 속에 들어선 우리는 거울 앞에서 또 다른 나를 만나게 된다. 거울은 이렇게 말한다. "지금 너는 괴물일 수도 있고, 아니면 천사일 수도 있으며, 아니면 인간일 수도 있다고." 그렇게 잠시 멈춰 서는 순간, 흔적들은 완결되지 않은 또 다른 미로로 내 주위를 포위한다. 하지만 돌아갈 수는 없다. 윌리엄 수사가 칠일 밤과 낮을 미로의 도서관에서 사투를 벌였듯이 우리는 끝까지 가야 하고 그곳에서 식인괴물 미노타우로스를 만나야 한다. 그것만이 우리가 돌아갈 수 있는 유일한 방법이다. 끝에서만이 출발점을 볼 수 있다.

윌리엄 수사 역시 끝까지 가지 않았다면, 비밀의 방과 비밀의 책, 아리스토텔레스의 《시학 2》를 찾지 못했을 것이다. 《시학 2》는 세상에 존재하지 않는다. 하지만 찾는 자에게는 존재하는 책이다. 우리가 무언가를 포기하고 그것의 존재 가능성을 믿지 않는다면, 그것은 존재할지라도 존재하지 않는 것이 되고 만다. 그래서 우리는 끝까지 가야 한다. 무언가의 존재를 존재케 하기 위하여.

움베르토 에코에게는 《시학 2》가 그의 상상 속에 혹은 그의 문장들 속에 이미 존재해 있었고, 그는 그것을 스스로 찾아갔던 것이다. 그에게 그 책의 존재가 무엇보다 필요했기 때문이다. 그 책은 미궁 속 괴물, 미노타우로스, 맹인 노 수사 호르헤의 손에서 잠자고 있었고, 결국 그에 의해 깨어난 것이다.

'웃음'에 관한 아리스토텔레스의 철학이 담긴 그 책. 노 수사 호르헤는 왜 이 책을 자신의 목숨과 바꿔가면서까지 숨기고 지키려 한 것일까? '웃음' 그것이 도대체 무엇이기에?

웃음은 잠시 동안 범부를 두려움에서 벗어나게 합니다. 그러나 두려움, 정확히 말하자면 하느님을 두렵게 여기는 마음은 곧 법을 가능케 하는 것입니다. ...... 프로메테우스도 알지 못하던 이 웃음을, 두려움을 물리치게 하는 데 대단히 요긴한 희한한 예술로 정의하고 있어요. 웃는 순간 범부에게는 죽음 같은 것은 문제가 되지 않습니다. ......두려움으로부터 해방을 통해, 죽음을 쳐부술 수 있는 새로운 파괴적 겨냥이 가능해지게 됩니다. ●

●《장미의 이름》, 움베르토 에코

'웃음'은 중세를 지배하고 있던 절대적이고 엄숙한 신에 대한 도전이었다. 인간의 육체적 본성 중 하나일 뿐인 '웃음'이 중세를 뒤엎을 수 있는 거대한 우주의 에너지였다니. 줄곧 아리스토텔레스는《시학 1》에서 '비극'을 예술의 본질로, 그것을 통해 인간의 내면에 뿌리 깊게 박힌 슬픔을 토해낼 수 있다는 '카타르시스'만을 강조해왔다. 하지만 움베르토 에코에게는 중세의 부조리를 가볍게 비웃어줄 수 있는 '희극'이 필요했던 것이리라. 그렇게 그는 그 책을, 존재하지 않는 그 책을 아리스토텔레스의 생각을 빌어 스스로 완성한 것이다.

이렇게 책은 또 다른 방식으로 쓰인다는 것을 우리는 알 수 있다. 책을 읽어가는 우리의 흔적들이 마지막 종착점에 도달하게 되면, 세상에 존재하지 않았던, 하지만 우리의 삶이 갈망했던 그 어떤 책이 완성된다. 작가는 사라진, 나만의 책이 내 앞에 던져지게 되는 것이다.

"할 수 있는 것만 알면 되는 것이 아니라……어쩌면 해서는 안 되는 것까지 알아야 하는 것이다." 어쩌면 해서는 안 되는 것, 그 위험한 것, 중세와 종교가 금기시했던 '웃음' 그것의 진실까지 파고들었던 윌리엄 수사는 진정한 배움을 완성한 인물일지도 모르겠다.

보이지 않아 더 괴물 같은, 누구도 알려고 하지 않는, 어쩌면 세상에 존재하지 않을 수도 있는 그런 앎들은 수많은 문장이 만든 미로 속에서 또아리를 틀고 있는 뱀처럼 혀를 날름거리며 우리를 쳐다보고 있다. 그래서 사람들은 그곳에 가는 것을 꺼린다. 만약, 누구도 그 미로 속으로 들어가지 않는다면, 그래서 그것이 누구와도 만나지 못한다면 책들은 단지 기호들만 가득 담아놓은 잡동사니의 창고로 남게 될 것이다.

우리의 삶도 미로다. 그것은 우리를 늘 갈림길 위에 서게 하고, 잘못된 길로 인도하기도 하며, 거울에 반사된 허울에 현혹되어 오던 길을 되돌아가게 만들기도 한다. 곧게 뻗어 선명하게 우리 앞에 나타나는 길은 결코 없다. 안개 속에서 조금씩 그리고 흐릿하게 형체를 드러내는 길들만이 우리를 기다린다.

그래서일까? 어쩌면 미로 같은 삶 속에서 '눈'은 필요 없을지도 모른다는 생각이 든다. 안개 속을 걷기 위해서는 '눈'보다 '흔적'을 기억하는 성찰이 더 필요할 뿐이다. 내가 한 번도 가보지 않은 미로, 혹은 아직 결정되지 않은 미래의 길을 미리 보여주는 것, 가지 말아야 할 길조차도 갈 만한 길이라고 속삭이는 것, 그것이 삶으로서의 책이다.

책을 펴는 순간, 문장들이 책 밖으로 나와 안개 속을 유유히 걸어간다. 나는 그저 그들이 남긴 발자국을 보며 걷는다. 움베르토 에코가 눈이 먼 호르헤 루이스 보르헤스의 수많은 문장 속으로 들어가 결국 《장미의 이름》을 만들었듯이 말이다.

똑같은 색의 반복은 효율적인 보호색이다.

《모래의 여자》, 아베 코보

17

"인내란 딱히 패배가 아니다.
오히려 인내를 패배라고 느끼는
순간부터 진정한 패배가
시작되는 것이리라."

드넓은 모래사장이 이유 없이 앉아 있는 바닷가에서 나는 자랐다. 모래는 단지, 바다와 육지를 갈라 놓는 회색지대였을 뿐 나의 영혼에 말을 걸거나 유혹하는 '어떤 것'이 아니었다. 말 그대로 모래는 '나는 어떤 색깔을 가졌소.'라고 자신의 존재를 증명하려 들지 않았다. 그냥 파도가 바다의 끝을 넘보지 못하도록 묵묵히 그들의 몸짓과 소리를 받아내고 토해내는 일을 반복할 뿐이었다. 마당 너머로 보이는 모래더미는 그렇게 죽어있는 듯 살아 있었다.

나는 가끔 바다의 경계선을 따라 한없이 걸었다. 그렇게 한참을 걷다 보면 나의 몸은 나의 마을을 벗어나 다른 마을의 바닷가에 닿아 있곤 했다. '너무 멀리 왔구나. 꽤 많은 시간이 흘렀어.'라는 생각과 함께 발걸음을 멈추곤 했다. 하지만 어둠이 내리는 것 말고는 내게 큰 두려움은 없었다. 걸어온 발자국을 따라 그대로 되걸으면 되었기 때문이다. 모래는 파도의 반복적인 위협에도 나의 발자국을 꽤나 오랜 시간 간직하고 있었다. 그 모래더미에 나 또한 갇히곤 했다. 자신 위에 나를 앉히고 그저 멀어져가는 파도와 일렁이는 배들을 가리키며 내게 이렇게 말하곤 했다. "저들은 움직이고 있지만 움직이지 않는거야. 그리고 나는 움직이지 않지만 움직이고 있는거지"라고.

바다의 말처럼 파도는 바다 끝까지 달려오지만 다시 돌아가기를 반복하고, 배들은 어디론가 떠나가지만 결국 항구로 돌아오기를 반복할 뿐이다. 모래 역시 파도에 떠밀려도 다시 미끄러져 바다로 향하고, 발자국의 형상도 다시 사라지기를 반복한다. 모래더미는 물처럼 흘러 다닌다. 사람들도 움직이지 않는 듯 움직이는 모래더미다. 사람들은 바다의 끝에서, 모래의 시작점에서 반복적으로 흐르고 있다.

> 정말 생각해보니, 언제 어떤 식으로 탈출의 기회가 찾아올지 전혀 앞을 내다볼 수가 없었다. 아무런 기약 없이 그저 기다림에 길들어, 드디어 겨울잠의 계절이 끝났는데도 눈이 부셔 밖으로 나갈 수 없게 될 가능성도 없지 않다. 구걸도 사흘을 계속하면 그만두기 어렵다고 한다…… 그런 내부로부터의 부식은 의외로 빨리 진행되는 것인 모양이다……•

• 《모래의 여자》, 아베 코보

모래의 깊은 구덩이에 빠져 밖을 잃어버린 사내가 있다. 그 모래의 구덩이 안에는 밖이 불편한 낯선 여자가 있고, 모래를 퍼서 밖으로 건네주어야 하는 반복되는 일도 있다. 모래는 가늘게 그리고 끝없이 흘러내려 여자와 사내를 지워버리려 한다. 하지만 여자는 호흡하듯 본능적으로 모래를 퍼 올리고, 사내는 여자의 그런 모습이 인간의 삶이 아니라는 듯 몸서리를 친다. 사내는 자신을 삼키려는 모래의 소리없는 공격에 '탈출의 희망'이라는 무기로 저항한다. 하지만 사내는 여자의 육체적 곡선이 내뿜는 성적본능과 모래 퍼내기의 반복이 주는 알 수 없는 안정 속으로 자신을 묻어버린다. 사내는 "똑같은 색의 반복은 효율적인 보호색이라고 한다. ......반복은 현재를 채색하고 그 감촉을 확실한 것으로 만들어준다."●라며 '밖'을 잃어버린 채 '안'의 삶에 안주하고 있는 자신을 발견한다.

● 《모래의 여자》, 아베 코보

우리가 무언가에 '빠진다'라는 말은, '무엇'이 만든 반복성에 대한 무의식적 행동에 지배되는 것이다. 전자가 원자핵의 주변을 일정한 궤도로 무한히 돌고 있는 현상과도 같다. 이럴 때 전자가 오히려 안정성을 가지듯 우리도 일정한 반복성이 만든 궤도 위에서 안정적인 삶에 관해 생각하게 된다. 하지만 슬프게도 반복성은 권태와 무기력도 함께 품고 있다. 그래서 우리는 그것으로부터의 탈출을 시도하려고 한다. 전자가 궤도를 이탈하여 도약하듯이 말이다. 하지만 궤도의 이탈은 순간뿐이다. 이탈은 또 다른 궤도의 흐름에 진입한 것에 불과하기 때문이다.

《모래의 여자》에서 사내가 모래의 깊은 구덩이에 빠진 것은 안정적인 일상의 궤도를 버리고 밖의 궤도로 뛰어든 양자의 도약이었다. 하지만 그것은 모래 퍼내기의 대가로 밖으로부터 물을 공급받고, 여자에 대한 원초적 본능에 빠져드는 또 다른 삶의 궤도에 진입한 것뿐이었다.

희망, 그것은 반복의 '밖'에서 기다리고 있는 색다른 그 무엇이다. 그런데 그것은 정말 궤도 '밖'에 있을까? 사내가 찾았던 밖, 모두가 찾고 있는 그 희망은 사내가 빠져든 모래 구덩이 속처럼 오히려 '안'에 있는 것은 아닐까?

> 그런데 이 희망의 어디가 그렇게 그들의 마음에 들지 않는 것일까? 어디로 보건 수상쩍은 구석은 하나도 없는데. 까마귀란 놈들은 인간이 버린 쓰레기 주변을 맴돌며 사는 만큼, 조심성에 관한 한 아무튼 탁월하다. 이렇게 되면 인내 싸움으로 가는 수밖에 없다. 이 모래 웅덩이 속의 썩은 생선이 놈들의 의식 속에서 완전한 반복이 될 때까지...... 인내란 딱히 패배가 아니다...... 오히려 인내를 패배라고 느끼는 순간부터 진정한 패배가 시작되는 것이리라. *

---

* 《모래의 여자》, 아베 코보

반복은 그냥 도는 것이 아니다. 반복은 깊이를 만드는 도약의 과정이다. 반복으로 점철된 우리의 시간들이 더 깊은 인생을 만들고, 그것의 쾌락이 어느 것보다 강할 때, 우리는 밖에 관한 환상을 벗어던질 수 있다. 《모래의 여자》에서 사내가 반복적으로 모래를 퍼내는 행위 속에서 만난 그 물, 밖에서 건네주는 물과는 비교할 수 없이 맑은 그 물, 모래 깊은 곳에 보석처럼 숨어 있던 그 물을 발견하고 정신없이 웃었던 것처럼 말이다.

우리 삶의 희망은 '밖'이 아닌 더 깊은 우리 '안'에 있는 것이 분명하다. 깊게 파면 팔수록, 반복하면 할수록 더 깊고 단단한 것, 우리가 찾던 바다가 우리를 기다리고 있는 것이 분명하다.

나는 오늘도 사내처럼 모래를 파고 있다. 나는 무엇을 만들기 위해 파는 것이 아닌데도 모래 구덩이는 나름의 단단한 집이 되어 가고 있다. 오! 반복되는 모래 파기여, 그 무료함의 안락함이여.

우리는 우리가 스무 살에 자기 가슴에 쏜
총알에 맞아 마흔 살에 죽을 것이다.

《작가수첩 2》, 카뮈

18

"내가 확실히 알고 있는 것은
사람은 저마다 자기 안에
페스트를 지니고 있다는 거야.
왜냐하면 세상에서 그로 인한
피해를 입지 않은 사람은
아무도 없기 때문이지."

도시, 그곳은 사막이었다. 나 그리고 카뮈는 분명 도시로 떠났는데, 그곳은 모래 언덕이었다. 나의 몸이 뜨거워질수록 나의 주변에는 거리가 생겼고 사막은 더 커져만 갔다.

> '거대한 모래 언덕들 위에 가득한 열기 속으로 세계는 조여들고 제한된다. 그것은 열기와 피의 울타리다. 그것은 내 몸보다 더 멀리 가지 못한다. 그러나 노새 한 마리가 멀리서 울기만 해도 모래 언덕들, 사막, 하늘 모두가 거리를 얻는다. 그리고 그 거리는 무한하다.'●

● 《작가수첩 2》, 카뮈

그렇게 나에게 도시는 사막의 계절과 시간만을 던져 주었다. 봄과 가을, 그리고 겨울은 사라졌다. 봄꽃과 새소리가 사라지고, 단풍은 물들지 않았으며, 흰 눈은 더 이상 내리지 않았다. 그리고 오늘과 내일의 구분이 사라진 하루, 다음 날로 이어질 필요가 없는 영원한 하루 속에서 나는 살아야 했다.

하지만 나는 그런 사막에 익숙해져 갔다. 사막의 열기보다 더 뜨겁게 나의 피가 끓고 있었기 때문이다. 모두들 해갈에 시달리면서도, 목마름에 지쳐있으면서도 견디고 또 견디며 살아갔다. 계절을 잃고, 시간조차 잊었지만 오직 스무 살에 쏜 총알을 신처럼 모시며 살아갔다. 나에게 행복의 빗줄기가 내렸다면, 그것은 내가 내게 쏜 총알을 기만하는 순간들 뿐이었다.

내가 꿈꾸는 오아시스가 도시에는 존재하지 않는다는 사실을 나는 알지 못했다. 나는 마흔 살이 되기 전까지 누구도 가보지 못한 오아시스를 신의 부활처럼 기다렸을 뿐이다. 도시의 많은 것들은 어느 것도 나의 것이 아니었으며, 누구의 것도 아니었다. 무엇인가를 가졌다고 보이는 사람들조차도 더 많은 것에 관한 갈망을 놓지 않았기 때문에 결국 그들도 가진 것이 없는 사람들에 지나지 않았다. 도시는 모두에게 무(無)의 공간이었다.

이곳에서 나와 카뮈는 사는 법을 잃어버렸다. 총알의 파편 조각이 온몸을 관통하면서, 그리고 그것이 만든 포장된 환상이 두꺼워지면서 나와 카뮈의 눈은 멀고 말았다. 길을 잃었다. 아니 사막에는 길이 없다는 사실을 우리는 몰랐다. 인간으로서의 깊은 본능, 나와 무언가를 연결하고픈 순수함, 혹은 무엇과도 닮고 싶지 않은 '나'만의 특별함은 신기루와 같이 잠시 머무르다 사라져버리곤 했다. 사람들은 모두를 닮아가고 있었고, 그 모습은 누구의 것도 아니었다. 그것은 닮고 싶은 이미지일 뿐 누구도 아니었다. 그래서 도시는 아무것도 실재하지 않는 사막, 그 자체였다. 그렇게 우리의 영혼은 가난해져갔고, 총알이 주는 고통을 서서히 느끼기 시작했다. 떠나온 곳에서도 나와 카뮈는 가난했었다. 하지만 그곳은 도시에서의 가난과는 달랐다. 그곳은 결코 아픔을 주지는 않았다.

나와 카뮈는 도시와 사랑을 나누지 못했다. 하지만 사람들은 저마다의 방식으로 도시와 은밀한 사랑에 빠져들었다. 나름의 쾌락을 찾아서 총알의 고통을 치유하고 있었다. 자신을 위한 시간보다 행복해질 시간을 찾아다니며 사막이 주는 목마름의 갈증을 다스렸다. 그들의 얼굴에는 가난했던 사람들에게서 맛보았던 행복은 보이지 않았다. 단지 긍정과 부정 사이를 오가며 자신들의 선택에 고뇌하거나 위로하는 것으로 건조한 삶을 이어갈 뿐이었다.

사막에 비는 내리지 않는다. 단지 밤이 내릴 뿐이다. 어둠은 사람들에게 유일한 휴식이다. 아무것도 보이지 않는, 그래서 한껏 치솟았던 온도가 내려가는 시간. 하지만 밤은 모두에게 내리지 않았다. 직선적이며 수직적인 삶 속에 갇힌 사람들에게 밤은 없었다. 별도 반짝이지 않았다. 그들에게는 오직 태양, 그 뜨거움과 높이만 존재했다. 그들이 좇는 행복은 태양 혹은 그 언저리에만 존재했다. 그들을 보고 카뮈는 이렇게 내게 속삭였다.

"자신의 영혼을 기쁘게 할 줄 모른다는 것은 이미 그것을 팔아버린 것이나 다름없어."라고.

그렇다. 영혼을 팔아버렸다는 것은 이미 자신을 죽인 것이다. 자신이 스스로 쏜 총알의 파편이 온몸에 퍼진 것이다. 스무 살에 쏜 총알이 자신을 죽일 수 있다는 것을 직감하게 되는 것은 마흔 살 언저리쯤이다. 그때는 이미 총알의 파편이 온몸에 퍼져 더이상 손을 쓸 수 없는 상태다. 총알이 페스트였다는 것을 누가 알 수 있었겠는가? 그것도 도시에서의 페스트는 빠르게 전염되어 모두가 모두를 죽일 수 있다는 것을 어떻게 알 수 있단 말인가? 그것은 신이 인간에게 내린 치명적인 질병이라는 것을 마흔이 되어서야 알 수밖에 없는 것이 인간의 운명이리라.

어느덧 마흔이 된 카뮈는 가쁜 호흡으로 흐릿하게 하지만 또렷한 의미의 말들을 내게 전해주었다. "내가 확실히 알고 있는 것은 사람은 저마다 자기 안에 페스트를 지니고 있다는 거야. 왜냐하면 세상에서 그로 인한 피해를 입지 않은 사람은 아무도 없기 때문이지. 그리고 감염자가 되지 않도록 끊임없이 스스로를 살피고 있어야지 자칫 방심하다가는 남의 얼굴에 입김을 뿜어서 전염병을 옮겨 놓고야 말지. 자연스러운 것, 그것이 병균이거든."

사막에는 아무것도 존재하지 않는다. 그것이 아니라면, 아마도 죽어가고 있는 것들과 그것들이 내뿜는 페스트만이 떠돌 뿐이다. 총알의 파괴가 진행 중인, 총알의 환영에서 아직 벗어나지 못한 마흔 살 이전의 존재들만이 존재하고 있는 것이다.

    도시에는 일흔 살을 넘긴 노인 중 대다수가 아직 마흔을 넘지 못한 채 살아가고 있다. 이건 슬픈 일이다. 총알의 고통을 품고 있으면서도 통증의 원인이 자신이 쏜 총알이라는 것을 모르고 있으며, 그들이 걷고 있는 곳이 사막이라는 것 또한 모르는 것이다. 카뮈는 마흔보다 훨씬 이전에 마흔에 이르렀고, 그는 일찍 죽었다. 그리고 죽음 이후 그는 사막을 떠나 아프리카의 푸른 바다로 돌아왔고 붉은 노을의 침묵과 대화를 나누었다. 그는 부둣가에 앉아 이런 시를 읊곤 했다.

> "내 옆에는 이름 없는 사람들이 있다.
> 나무들, 아이들, 그리고 마을 사람들.
> 나는 그 모든 이들에게 정복당했다.
> 그리고 그것만이 나의 승리이다."

하지만, 나는 아직 마흔에 이르지 못했다. 카뮈처럼 죽지도 못했다.

사람들 사이에 섬이 있다. 그 섬에 가고 싶다.

《섬》, 정현종

19

"당신이 제게 시집을 선물했고,
우표를 붙이는 데에만 쓰던
혀를 다른 데 사용하는 걸
가르쳤어요.
사랑에 빠진 건
당신 때문이에요."

아!, 섬이라. 선생님, 아마도 그 섬은 도시에 더 많겠지요?

그렇지요, 섬사람들 사이에는 섬이 없으니까요. 그들 사이에는 바다와 바람만이 있을 뿐이지요. 도시 속 섬들은 밤하늘의 별들보다 더 촘촘히 박혀 있지요.

그 섬들은 어떻게 생겼을까요?

당신도 그 섬들을 이미 보았을 겁니다.

아직 보지 못했다면, 당신 자체가 섬일지도 모르겠어요.

섬은 자신을 볼 수 없고, 자신이 섬인 것도 모르니까요.

섬들의 모양이라? 그것들은 일정하지 않습니다. 사람들이 가진 시간과 고뇌의 부피만큼 그리고 주변 사람들이 가진 욕망의 깊이에 따라 그 모습을 달리하거든요.

그러면, 선생님은 그 섬들 중 어느 곳에 가고 싶으세요?

글쎄요. 아마도 그 섬은 어떤 별보다도 반짝이는 곳일 겁니다.

반짝이는 섬이라고요? 무엇이 그 섬을 반짝이게 하는지 궁금합니다.

그것은 도시에서 사라져버린 것들이죠.

도대체 그건 뭘까요?

그건 '시'입니다. 사람들은 시를 버렸습니다. 사람들의 시간 속에는 '시'가 꽃들처럼 피어있었습니다. 사계절 내내 다른 색깔과 향기로 피어있었는데, 지금은 텅 빈 사막과 그 속에서 자라고 있는 선인장의 붉은 가시들뿐이죠.

사람들은 어쩌다 꽃들을 잃어버렸을까요?

그건 사람들이 더 이상 꽃을 좋아하지 않기 때문입니다. 노란 꽃을 보고도, 아름다운 향기를 맡으면서도 더 이상 가슴이 설레지 않는다는 것을 알게 된 것입니다. 사람들이 꽃을 잃어버린 것이 아니라 '버린 것'이죠. 꽃보다 화려한 빛깔과 자극적인 냄새에 그들의 영혼을 팔아버린거죠.

혹시, 《네루다의 우편배달부》라는 책을 읽어보셨는지요? 그 책에서 우편배달부가 한 말, 그 말이 바로 사람들이 버린 '시'입니다.

> "시인 선생님, 당신이 저를 이 소동에 빠뜨렸으니 책임지고 저를 구해주세요. 당신이 제게 시집을 선물했고, 우표를 붙이는 데에만 쓰던 혀를 다른 데 사용하는 걸 가르쳤어요. 사랑에 빠진 건 당신 때문이에요."●

사람들은 가슴이 열망하는 것, 바로 자신만의 '당신', 그것의 속삭임에 귀 기울이지 않고 있는 것입니다. 아니, 외면하고 있는 것이지요. 자신만의 '당신'보다 더 아름다운 것은 결코 존재할 수 없다는 것을 그들은 모르고 있는 것입니다. 자신 밖의 '당신'은 단지 허상일 뿐이라는 것을 그들의 시간 속에 더 이상 꽃이 피지 않을 때 그들은 깨닫게 될 것입니다.

● 《네루다의 우편배달부》, 안토니오 스카르메타

그렇다면, 더 이상 도시에서는 '네루다의 우편배달부' 같은 사람을 만나는 건 어렵겠지요?

네, 아마도 제가 찾는 섬에서만 그를 볼 수 있지 않을까 생각합니다. 경쟁의 시선으로 경계를 만들지 않고 오로지 은유에 취해 사랑의 축배만 드는 바보 같은 사람만이 모여사는 섬. 시끄러운 선술집에서 네루다에게 시를 낭송하던 순수한 그 건달, 주먹보다 은유의 단어들 속에서 허우적거리는 삶이 더 아름답다고 생각하는 사람들이 만든 그 섬. 그곳에 가면 모든 사람이 바로 '시'입니다.

> "나처럼 생긴 슬픈 소년이 그대 안에서 무릎을 꿇고 우리를 바라본다…… 그 아이의 핏 속에서 불타오를 생명으로 우리의 삶을 묶어야만 할 것이다."●

● 《파블로 네루다 자서전》, 파블로 네루다

아, 아름다운 바보 같습니다. 그래서 또 슬퍼집니다! 우리는 바보가 되지 못한 채, 그저 타인과의 거리로 수많은 섬을 만들면서 그것으로부터 자신을 유배시키고 있으니 말입니다. 니체가 《반 그리스도》에서 한 말이 떠오릅니다.

> "그대의 얼굴을 자세히 보아라. 우리가 살고 있는 이곳이 어딘지 아는가? 그렇다. 이곳은 북극이다. 차디찬 유배지다."[●]

선생님의 삶도 유배지인가요? 선생님은 시를 쓰고 계신데, 왜 '시가 있는 섬'으로 가려고 하십니까?

저는 시를 쓸 뿐이기 때문입니다. 시는 쓰는 사람의 것이 아니라 네루다가 만난 우편배달부나 건달처럼 그것을 온몸으로 품은 사람들의 것입니다. 저 역시 아직, 바보가 되지는 못했나 봅니다. 단지, 유배지에 갇힌 슬픈 시인일 뿐이죠.

● 《반그리스도》, 니체

사람들 사이에 섬, 그것은 모순인 것 같습니다. 그곳은 아름다운 곳이지만 오히려 그것이 존재하지 않을 때 사람들의 삶이 아름다워질 수 있으니 말입니다.

오! 모순의 섬. 누구도 원치 않는, 하지만 의도된 공간. 닻을 내릴 수 없도록 고독의 암초가 지키는 은유의 성, 그곳의 주인인 나.

나도 그곳에 가고 싶다.

비슷한 것은 이미 진짜가 아니다.

《연암집》, 박지원

20

"그림자가 물체를 따라다니듯
한다면, 닮았다고 말할 수
있을까?
한낮에는 난쟁이가 되었다가
해가 기울어질 때는 키다리가
되니, 어찌 닮았다 할 수
있으랴."

박지원은 말했다. 비슷한 것은 이미 진짜가 아닌데 어찌 우리는 흉내만 내고 있는가?

그는 〈左蘇山人〉에서 '걸음을 배우려다가 되려 기어서 오고, 찌푸림을 본받으면 단지 추할 뿐, 이제 알리라. 그려 놓은 계수나무가 생생한 오동만 못하다는 것을......' 이라고 썼다.

그렇다면 박지원에게는 무엇이 비슷한 것이고, 무엇이 진짜였을까? 그것은 글쓰기 방식이나 주제에 관한 것으로서 유학자들이 한당의 글쓰기 문체와 주제를 그대로 답습하면서 '지금, 여기'와는 동떨어진 주제와 형식에 머물면서, 마치 그것만이 고상한 것인 양 거들먹거리는 것을 비슷한 것이라 보았으며, 진짜는 한당을 비롯한 중국 문체에서 벗어나 '지금, 여기'로서의 조선을 담아낼 수 있는 새로운 그릇과 내용물이라고 보았다.

육경의 글자만 점철하는 건

비하자면 사당에 의탁한 쥐와 꼭 같고

훈고의 어휘를 주워 모으면

못난 선비들은 입이 다 벙어리 되네.

태상이 제물을 벌여 놓으니

절인 생선과 젓갈 뒤섞여 썩은 냄새 진동하네. *

    단지, 중국 경전들의 글귀들을 여기저기서 끌어 모아 보기 좋게 꾸며놓은 것은 결국 '지금,여기'의 것이 아니기에 죽은 것과 다르지 않으며, 그것들이 풍기는 악취는 이미 그 주변에 모여든 사람들의 코를 찌르고 고개를 젓게 만들 뿐, 어디에도 이롭지 않다고 그는 말하고 있는 것이다. 하지만 조선의 선비들은 그 냄새를 마냥 향기로운 것으로만 여기고, 오합지졸의 문장들이 만든 생각을 가장 아름다운 것이라 믿으며, 그것의 냄새와 모양을 거부하는 이들을 오히려 어리석고 비천하다고 핀잔을 주니 얼마나 우스운 일이었던가? 아마도 이것은 조선의 선비들에게 번진 가장 큰 전염병이자 불치병이었으리라.

● 《연암집》〈영대정잡영〉, 박지원

박지원의 다른 글에서도 이런 조선의 병통을 쉽
게 발견할 수 있다.

> '옛것을 모방하여 글을 짓되, 거울이 형상을 비
> 추듯 한다면 닮았다고 할 수 있을까? 실체의
> 좌우가 반대되니 어떻게 닮았다 할 수 있으랴.
> …그림자가 물체를 따라다니듯 한다면 닮았다
> 고 말할 수 있을까? 한낮에는 난쟁이가 되었다
> 가 해가 기울어질 때는 키다리가 되니, 어찌
> 닮았다 할 수 있으랴.'●

이렇게 박지원은 옛것이 그리고 중국의 것들이
모든 것의 典範이며, 이것만이 옳은 것이라 주장하는
유학자들에게 환멸을 느꼈던 것이다. 과거는 지금과
같을 수 없으며, 저쪽은 이미 이쪽과 다른 것임에도
불구하고 그것들이 마치 지금과 이쪽보다 더 나은 것
이라는 고정관념에 빠진 선비들을 '이명'을 앓고 있는
환자쯤으로 보았던 것이다.

● 『연암집』〈녹천관집서〉, 박지원

더욱 슬픈 건 현대의 모습이 조선의 행태와 조금도 달라지지 않았다는 점이다. 아니, 오히려 가짜를 더 숭상하는 사회가 되어버렸다. 가짜가 주인인 세상이다. 플라톤은 이데아의 세계를 모든 것의 원형이자 모델로서 진짜라고 말한 반면, 현실계는 이데아계를 모방한 가짜라고 보았다. 하지만 플라톤이 비판하고자 한 것은 현실계보다 현실계를 모방한 예술이었다. 모방의 세계를 모방한 예술은 진짜로부터 한참이나 멀어진 가짜, 즉 시뮬라크르였던 것이다. 이것을 푸코는 類似와 相似로 다시 구분했다. 유사는 원본을 모방한 것이며, 상사는 원본이 아닌 사본이 사본을 모방하는 것으로서 원본이 필요 없는, 반복 그 자체인 것이다. 그렇다면, 단언컨대 지금은 상사의 시대다. 모방의 모방이 동일성의 반복으로 무한히 계속되고, 새로움이나 낯섦은 새로운 원본으로 탄생함과 동시에 죽음을 맞이해야 하는 시대다.

이렇게 세상은 온통 모방한 가짜로 포장되어 버렸다. 드라마는 드라마를 모방하고, 그림은 그림을 모방하고, 노래는 노래를 모방하며, 사람은 사람을 모방한다. 모방은 이미 개인의 것을 넘어 보편적 존재 양식이 되었으며, 그것은 다수라는 힘을 빌려 정상적이고 합리적인 것이라 말하는 뻔뻔함으로 수치심을 당당히 몰아냈다. 그래서 모방은 힘이 강하다. 모방이 모방을 낳으면서 얻는 권력은 대중이 준 선물이다. 팝 아트, 팝송 등에서처럼 예술과 문화는 더 이상 '팝(파퓰리즘 - 대중성 - 동일성의 반복)'에서 벗어나 존재할수 없게 되었다. 아마도 예술과 문화의 역사에서 가장 강력하고 긴 생명력을 가진 것은 '팝'이 아닐까 생각한다. 하지만 역설적이게도 현대의 예술과 문화는 '팝'이 만든 거대한 빈곤, 그 자체가 되어버렸다.

모방의 모방에 대한 반복, 시뮬라크르를 넘어선 '팝'은 진보와 멀어지고 말았다. 반복은 순환일 뿐 직선이 될 수 없기 때문이다. '팝'은 일정한 궤도 속을 무한히 반복 회전하고 있는 행성이다. 원 위의 점들을 순간적으로 지나는 순간 그것이 직선을 만든다고 착각할 뿐, 얼마 후 동일한 자리로 되돌아오고 만다는 것을 행성들은 알지 못한다. 그래서 '팝' 역시 나름대로의 변화, 직선 운동을 하고 있다고 주장하고 있는지도 모르겠다. 하지만 그들이 걷는 길은 직선이 아니었음을 시간이 증명해 주었다. 그렇다면, 현대 '팝 아트'의 선구자라 불리는 마그리트는 이런 대접에 얼마나 극심한 불쾌감을 느꼈을까? 그의 예술은 기존의 예술들과는 궤를 달리하는, 탈중심적인 것으로서의 진보임이 분명했기 때문이다.

이제, 마그리트의 불쾌한 감정을 해소해 보자. 그의 그림 〈이미지의 배반〉은 파이프가 그려져 있고 그 밑에 ' 이것은 파이프가 아니다' 라는 글귀가 쓰여 있다. 여기서 중요한 것은 '이것은 파이프가 아니다' 라는 글귀는 제목이 아니라 그림이라는 점이다. 글과 그림이 혼합되어 일상적인 관념을 깬 시도는 마그리트가 직선을 향해 걸었다는 것을 증명하기에 충분하다.

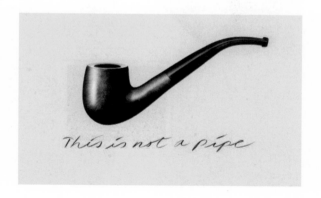

그런데 〈두 개의 신비〉라는 그림에 〈이미지의 배반〉에 등장한 파이프와 글귀가 그대로 등장하고, 동시에 동일한 파이프가 하나 더 등장하는데 그 밑에는 글귀가 없다. 즉, 자신의 그림에 등장한 이미지를 다른 그림에 그대로 옮겨와 유사하지만 동일하지 않은 것과의 결합이라는 변주를 시도했다. 이런 그의 시도는 여러 그림에서 발견할 수 있다.

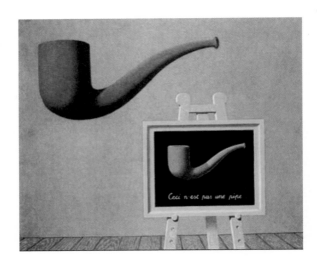

〈이것은 사과가 아니다〉라는 그림에 등장하는 사과를 다시 〈사람의 아들〉이라는 그림에서 중절모자를 쓴 남자의 코 부분으로 옮겨 놓았다. 이런 마그리트의 기법은 분명 相似, 시뮬라크르, 팝과는 다른 무엇이다. 단순한 동일성의 반복이 아니라 날카롭게 방향을 꺾어 만든 새로운 직선이다.

마그리트는 "내 그림은 미스터리를 상기시킨다...... 아무 것도 의미하지 않는다. 왜냐하면 미스터리는 아무 것도 의미하지 않기 때문이다." 라고 말했다. 이것은 반복으로 의미하는 바를 분명하게 보여주는 '팝 아트'와 마그리트의 예술이 영원히 평행선을 달릴 수밖에 없음을 보여주는 것이다.

우리의 삶은 '팝 아트'의 연장선이 아닐까 싶다. 원본인 '나'는 타인을 모방하고 또 모방하는 반복적 행위를 통해 사라진 지 오래다. 타인의 모습을 유행이라는 이름으로 모방하고, 심지어 타인의 욕망과 감정까지도 모방한다. 타인과 동일한 스타일의 옷을 입고, 타인이 꿈꾸는 것을 꿈꾸며, 타인처럼 울고 웃을 때만이 '나'는 동시대의 '안'에 존재하게 된다. 그렇지만 '나'는 동일성의 반복에 저항하듯 말한다. 나는 다르다, 나는 나일 뿐이다.'라고. 하지만 그들의 저항은 반복의 속도가 다른 사람들보다 조금 느리거나 범위가 좁은 것뿐이다. 이처럼 우리가 팝과 결별할 수 있는 길은 없어 보인다.

이런 우리의 삶을 보면, 박지원은 아마도 이렇게 말했을 것이다. "만약 반드시 잘 모방한 것을 잘 읽은 보람으로 여긴다면, 똥이 곧장 내려온 것을 잘 먹은 보람이라 말할 수 있겠는가?" 그렇다. 단어는 바꿀 수 없을지라도, 문장은 누구와도 같지 않도록 노력하는 것이 우리의 삶이어야 하지 않을까?

함께 말할 만한데 말하지 않으면 사람을 잃고,
더불어 말할 만하지 않는데 말하면 말을 잃는다.

《논어》, 공자

"사람들의 말에는 늘 칼이
들어있고 피의 냄새가 진하다.
그런 사람들의 말에 현혹되어
말을 한다면, 결국 나는 '나'를
잃게 될 것이며, 나는 나의
말에 찔릴 것이다."

말은 과연 누구의 것일까? 나의 것인가 아니면 타자의 것인가?

'나'라는 공간에 잠시 머물다 누군가를 향해 걸어나와 가던 길을 아무렇지도 않게 떠나가 버리는 것을 보면 말은 누구의 것도 아닌 것처럼 보인다. 하지만 나의 말이라고 생각한 말, 나의 입을 빌어 불어내는 소리가 의미를 만들어 타자에게 건네지는 순간, 그것이 타자의 영혼을 흔들어 놓았다면, 그것은 타자의 것이 아닐까 생각되기도 한다. 또한 타자에게로 향했던 말들이 다시 내게로 되돌아와 나의 온몸에 생채기를 내기도 하는데, 그렇다면 그 말은 내 것이라고 말해야 하지 않을까?

그래, 그렇다면 말은 나의 것이면서 나의 것이 아니고, 동시에 타자의 것이면서 타자의 것이 아닌 것이라 해야 할 것이다.

말들은 떠돌고 말들은 숨이 차다. 말이 멈추는 곳은 어디에도 없다. 시간이 잠들 때도 말은 깨어있다. 나를 향한 말이든 나를 빗겨가는 말이든 내 귀는 잠들어서는 안 된다. 그래야 나의 말이 생기고 그것이 사람을 만들고, 그렇게 세상이 만들어지기 때문이다. 이때 나의 말은 내가 만드는 것이 아니다.

공자가 말했듯 '함께 말할 만한 사람'의 말이 나의 말을 만들고 그럴 때 사람은 모이고 말은 커진다. 춘추전국시대, 말이 너무 많았다. 하지만 그 수많은 말들은 '말할 만한 사람'들에게 향하지 못한 탓에 허공을 맴돌다 산산이 부서지거나, 진실을 포장하고 거품처럼 키워 세상을 혼돈 속으로 밀어 넣는 거대한 무기가 되곤 했다. 말과 사람이 넘쳐나는데 '말할 만한 사람'은 없었고 그래서 할 말도 없었던 것이다. 그렇다면, 공자에게 '말할 만한 사람'은 누구였을까?

자하가 묻기를 "예쁜 웃음에 입술이 곱고 아름다운 눈동자가 더욱 고우니 흰 바탕에 채색을 한 것 같구나. 한 것은 무슨 뜻입니까?" 공자가 "그림 그리는 일은 흰 바탕에 마련되고 나서야 한다는 뜻이다."

이에 자하가 "예는 인을 갖춘 뒤에 오는 것입니까?" 말하자, "나를 일깨워주는 사람은 자하로구나. 더불어 시를 논할 만하다."

또 자공이 물었다 "가난하면서도 남에게 아첨하지 않고 부유하면서도 다른 사람에게 교만하지 않는다면 어떻습니까?" 그러자 공자께서 말씀하셨다. "그 정도면 괜찮은 사람이다. 하지만 가난하면서도 즐겁게 살고, 부유하면서도 여유를 좋아하는 것만은 못하다."

자공이 말했다. "시경에서 말하기를, "칼로 자르는 듯 줄로 가는 듯 정으로 쪼는 듯 숫돌로 광을 내는 듯하다."라고 하였는데 이를 말씀하시는 것입니까?" 공자께서 말씀하셨다. "자공아, 비로소 더불어 시를 이야기할 만하구나."

이처럼 공자의 '말할 만한 사람'은 자하와 자공이었다. 왜 이들은 공자에게 '말할 만한 사람'이 될 수 있었을까?

이 두 사람은 《시경》의 시구를 통해 자신들의 견해를 밝히고 있으며 그것을 통해 세상을 꿰뚫어 보고 있었기 때문이다. 여기서 공자가 말한 '시'를 논한다는 의미는 민중의 슬픈 목소리, 부조리한 세상에 귀기울이고 있음을 말하는 것이다. 이렇게 우리에게 '말할 만한 사람'은 '나'보다 '우리' 혹은 그리고 '세상'에 대해 말하고 듣기를 기꺼워하는 이들이다. 어찌 이런 사람을 쉽게 만날 수 있겠는가?

세상은 온통 '말할 만하지 않은 사람들'만 넘쳐날 뿐이다. 하지만 우리 앞에 서 있는 사람들이 '말할 만하지 않은 사람'인지 아닌지를 판단할 기준은 명확하지 않다. 나에게 좋은 말을 건넨다면, 그를 '말할 만한 사람'이라고 착각하는 반면 나에게 나쁜 말을 건넨다면, 그를 '말할 만하지 않은 사람'이라고 판단하고 그의 말을 들으려 하지 않는다.

이것이 과연 말을 이어갈 사람으로 판단할 만한 기준이 될 수 있을까? 나에게 건네진 좋은 말은 임금의 눈과 귀를 멀게 만든 간신들의 말과 같지 않을까? 그리고 나에게 건네진 나쁜 말은 오히려 임금의 달아난 마음을 찾아 줄 충신의 간언이 될 수 있지 않을까?

그런데 슬픈 건 '나'에게 건네진 좋은 말은 '아첨'이
며, '나'에게 던져진 나쁜 말이 '시기와 질투'인 경우이
다. 그렇다면, 두 경우 모두 '말할 만하지 않은 사람'이
내 앞에 있는 것이다. 이런 사람들의 말에는 늘 칼이
들어있고 피의 냄새가 진하다. 그런 사람들의 말에
현혹되어 말을 한다면, 결국 나는 '나'를 잃게 될 것이
며, 나는 나의 말에 찔릴 것이다.

그렇다면, 남은 건 침묵뿐이다. 사람들은 끊임없이 말을 걸어 오지만 말을 할 수가 없다. 말하는 것이 두렵고 혀는 점점 말라가고 있다. 말은 방향을 잃었고, 결국 어린아이가 옹아리하듯 내 속에서 맴돌 뿐이다. 그 사이 감정과 진실들은 조금씩 곪아가고 이끼의 먹이가 되어 가고 있다.

조선의 학자, 조현기는 "말해야 할 때 말하면 그 말이 옥으로 만든 笏과 같고, 침묵해야 할 때 침묵하면 그 침묵이 아득한 하늘과 같다." 하지 않았던가. 그렇다면 침묵만큼 좋은 것이 또 어디 있으랴. 하지만 하늘은 모두의 하늘이어야 한다. 자기만의 세상을 열어주는 하늘이어서는 안 된다.

그럼, 어떻게 해야 할까? 침묵으로 말해야 한다. 말을 무서워하지 않는 사람의 말에 웃음으로 답하고, 말을 무서워하는 사람들의 말에 공감의 눈짓을 보내면 된다. 이럴 때 말은 불어나지 않을 것이며, 방향을 갖지도 않을 것이다. 그 만큼만의 크기로, 무無 방향으로 가고 올 것이며, 오고 갈 것이다.

'소리 없는 아우성' 그것이 침묵의 본질이다. 침묵은 특정인을 향한 것이 아니다. 모두를 향해 말을 하는 것이며, 동시에 말을 하지 않는 것이다. 침묵은 말이 없으니 오는 말과 혹은 특정인을 향해 가는 말들과 부딪치지 않는다. 대립 항이 없기 때문이다. 하지만 어떤 말보다도 거대하며, 일반적인 문법에서 벗어나 있지만 의미는 어떤 말보다 명백하다.

시비를 걸어오는 말들에 대한 웃음은 '분명 그것은 옳지 않으며, 그것은 단지 파괴적인 것에 지나지 않으므로 멈춰야 한다' 는 의미이다. 이 웃음에는 어떤 살을 덧붙일 수도, 덜어낼 수도 없으며 그 분명함을 제거할 수도 없다.

이런 말들은 말들을 파괴한다. 대립 항을 숙명으로 가진 말은 반대 방향의 말과 경쟁한 후 팽창하거나 다른 방향의 말에 패배한 후 소멸한다. 이렇게 분명한 방향성이 지배하는 말들은 자체적 존재 가능성을 가질 수 없다. 그저 기생할 뿐이다. 다른 방향의 말들에게서 피를 빨거나, 그들의 방향에 탑승할 뿐이다. 그렇게 강해진 방향성의 말들이 세상을 지배하고 흔들어 놓는다.

단지, 침묵하리라. 그렇지 않다면 말이 사라진 세상으로 떠나는 수밖에 없으리.

꿈꾸는 자와 꿈꾸지 않는 자,
도대체 누가 미친 거요?

《돈키호테》, 세르반데스

22

"어떤 것이 가능하다면,
 그것은 이미 현재화된 미래일 뿐
 그것은 결코, 꿈이 아니다."

르네상스는 신과 신의 대변자인 기사를 죽였다. 신은 삶의 저편으로 떠나갔고, 기사는 소설 속에서만 창을 들어 올렸다. 이성이 정의와 도덕을 새롭게 정의하면서 기사도는 합리적인 것들에 짓밟혔다. '현재와 자본'만이 우리의 삶을 지키는 기사도의 방패와 창이 되었다. 미래와 저항의 삶은 꿈속으로 사라졌고, 꿈마저 우리 곁을 떠났다.

이렇게 르네상스는 우리에게 꿈을 빼앗아 갔다. 이때 미치광이 혹은 감히 꿈꾸는 자가 태어났다. 돈키호테다. 소설 속에서 막 튀어나온 듯한 그는 르네상스의 풍차를 향해 창을 던졌다. 비록 그의 창은 신보다 거대해진 합리성의 풍차를 이길 수는 없었지만 지금도 우리의 가슴에 박혀 날카롭게 우리를 찌르고 있다.

돈키호테가 죽으면서 우리는 꿈꾸는 법을 잊어버렸다. 무슨 꿈을 꾸어야 하는지, 왜 꿈을 꾸어야 하는지를 묻지도 않고, 오히려 꿈의 존재를 의심할 뿐이다. 꿈 상실의 시대, 우리는 그저 삶의 노예가 된 것이리라.

나를 미치게 하는 것이 없다면, 나는 꿈꾸지 못한다. 그런데 지금은 온갖 것들이 미쳐있지 않은가? 그렇다면 나는 꿈을 꾸어야 하며, 그것이 내 삶의 전부가 되어야 하는 것이 아닐까? 그런데도 우리는 꿈을 꾸지 못한다. 그래서 모두가 미친 것이다.

현재와 자본에 미친 사람들에게 미래는 이미 완성된 어떤 것이다. 꿈꾸는 것으로 미래를 만드는 것이 아니라 질투와 욕망을 저당 잡혀 미래를 현재로 빌려온 것이다. 그렇게 미친 사람들은 자신이 이미 미래를 만들었고, 현재화된 미래가 과거가 되어버리기 전에 그것을 소비해야 한다는 강박에 시달린다.

돈키호테는 '불가능한 것들'을 꿈꾸었다. '부조리의 파괴, 공주와의 사랑' 어느 것 하나 가능한 것들은 없었다. 그래서 그건 꿈이었다. 어떤 것이 가능하다면, 그것은 이미 현재화된 미래일 뿐 그것은 꿈이 아니다. 꿈은 깨지는 것도, 현실화되는 것도 아니다. 그것은 이름모를 행성에서 출발해 몇백 광년에 걸쳐 천천히 오고 있는 별빛이다.

우리가 보고 있는 별빛은 몇백 광년 전 누군가의 꿈이었다. 우리가 꿈을 꾸지 않는다면, 별의 반짝임도 죽어버릴 것이다. 꿈의 상실은 암흑이다. 잠시 돈키호테의 꿈, 반짝이는 별을 보자.

"사랑의 힘은 영혼을 자주 미치게 한다네.
해이한 한가로움을 도구로 사용하며
방금 찾아온 사랑, 오늘 와서 내일 떠나네.

영혼에 그 모습을 제대로 새겨 놓지 못하네
둘시네아 델 터보소. 내 영혼에 그리네.
지우기 불가능하게 그려 놓았다네."

오늘 왔다 오늘 사라진다고 해도 두려워하지 말 것, 영원히 간직하는 것이 불가능하다고 가슴에 새기는 것조차 포기할 수는 없다. 가슴에 새기는 미지의 그 무엇, 오지 않는 것처럼 보이는 것들에 대한 막연한 그리움, 그것만이 꿈이다. 돈키호테가 이렇게 묻고 있는 듯하다.

"당신은 얼마나 위험한 꿈을 꾸고 있소? 그 꿈이 당신을 죽일 수 있을 정도요?"라고. 한낮에 평상에 누워 꿈꾸는 자의 꿈은 지나가 버린 과거에 대한 미련이거나, 단지 내일의 행운을 바라는 게으름일 뿐이다. 이들에게 꿈은 늘 달콤한 것일 뿐 한 번도 꿈을 죽을 정도로 무서운 것이라고 생각해 본 적은 없을 것이다.

꿈속에는 항상 피가 섞여 있다. 꿈은 언제나 꿈꾸는 자의 피를 빨아먹는 동시에 그에게 광기를 제공하는 공생의 괴물이다. 광기는 꿈꾸지 않는 자들에게는 언제나 위험한 것으로 인식되고 경계해야 할 대상이다. 하지만 광기는 결코 꿈꾸지 않는 자들을 위협하지 않는다. 그들에게는 보이지 않기 때문이다.

광기로서의 꿈, 그것은 나를 미치게 만들어 타인의 길을 만들고, 나를 조롱거리로 만들어 세상의 웃음을 지어내려는 열망이다. 광기는 별빛의 출발지다. 그것은 다른 세상에서 우연히 밤하늘을 바라볼 어떤 이의 것이다. 피를 먹은 꿈은 그렇게 누군가의 영혼을 파고들어 다시 태어난다.

티베트의 조장(鳥葬)이 떠오른다. 자신의 육신을 갈아 독수리의 먹이가 되고, 독수리의 눈을 통해 다시 세상을 조망하는 윤회의 영혼, 그것이 꿈꾸는 자의 꿈이 갖는 영원성이다. 꿈꾸는 자는 꿈을 통해 영원히 죽지 않는다. 꿈은 개인이라는 작은 공간에 갇혀 죽어가던 자아를 꿈이 만든 무한의 공간으로 이동시켜 끝없이 유랑하게 만든다. 유한성의 탈출이다.

꿈꾸지 않는 자, 그들이야말로 영원성을 포기한 바보가 아니고 무엇이겠는가? 그들은 《갈매기의 꿈》에서 조나던 리빙스턴이 '먹는 것'보다 '나는 일' 그 자체에 집중했던 것과 달리 나는 일보다 먹는 일에만 치중했던 보통의 갈매기들과 같다. 그들은 아마도 날개와 바람이 선물한 무한의 공간과 자유로움을 땅이 주는 순간적 평온함의 유혹과 맞바꾼 것이리라. 오히려 그들은 허공을 자유롭게 나는 것은 땅으로부터 멀어지는 위험한 일, 죽음에 이르는 길이라고 생각했으리라.

갈매기의 날개 속에는 이미 바람이 들어있고, 무한의 공간이 예비 되어 있다. 하지만 그것들은 고공비행을 꿈꾸는 갈매기들에게만 발현된다. 인간도 마찬가지이다. 이미 인간의 가슴속에는 영원성과 무한의 공간이 마련되어 있다. 하지만 이것을 일깨우는 것 역시 꿈일 뿐이다. 고공비행을 통해 무한의 공간을 유영하고, 그것을 통해 영혼의 자유, 즉 영원성을 맛보는 갈매기만이 갈매기라는 이름을 가질 수 있는 것처럼 인간도 꿈꾸는 자만이 인간이라고 불릴 수 있을 것이다.

만약, 우리 안에서 우리를
괴롭히는 것들을 없애버린다면
도대체 무엇이 남을까?

《지옥》, 앙리 바르뷔스

23

"관음은 사유였다.
무엇을 본 것이 아니라
가장 음란한 것들 뒤에 숨어 있는
음란한 사유를 만난 것이다."

아마도 우리는 모두 관음증 환자이리라. 아니다. 모두가 관음증이라면 그것은 병이 아니라 인간의 본능이라 말해야 한다. 타인을 남몰래 본다는 것, 그것은 쾌감의 강한 자극제이다. 타인의 시선을 의식하지 않고, 나만의 시선으로 대상의 모든 것을 볼 수 있다는 것, 그것만큼 결핍된 감정의 상태를 충족시켜 주는 것은 없을 것이다. 그래서 현대에 사는 우리는 관음증의 노예가 되었고 동시에 노출에 열을 올리고 있다.

우리는 자신을 보여주기 위해 사건을 만들고, 그것은 누군지도 모르는 자의 관음의 욕망을 충족시키면서 자란다. 하지만 이것은 '시각'의 집합을 관람하는 것일 뿐 그 이상도 그 이하도 아니다. 왜냐하면, 관음은 '나'를 누군가가 관찰하고 있다는 것을 몰라야 하며, 동시에 '관찰자'는 관찰 대상의 의식 속에 존재하지 않아야 하기 때문이다.

이런 관음증은 그리스 신화에 등장하는 메두사가 인간에게 심어 놓은 본능이다. 메두사는 머리카락이 너무나 아름다운 여인이었다. 하지만 여신 아테네의 질투는 그녀의 아름다운 머리카락을 징그러운 실뱀들로 변하게 만들었다. 동시에 메두사의 시선과 마주치는 사람들을 모두 돌로 변하게 만드는 마법까지 걸어 놓았다. 그래서 메두사의 시선과 마주치는 순간 사람들은 돌로 변해버렸다.

그렇다면, 이렇게 신도 질투했던 여인의 아름다움을 볼 수 있는 방법은 무엇일까? 그것은 오직 그녀의 시선에 걸리지 않는 나만의 작은 구멍을, 아주 비밀스러운 망원경을 만드는 것이다. 그렇지 않다면 우리는 결코 메두사의 아름다움을 보지 못하고 귀로만 전해 들어야 할 것이다.

《지옥》의 주인공, 메두사의 아름다움을 훔친 그는 호텔 방의 작은 구멍을 통해 옆방 사람들의 벌거벗은 육체를 관찰하며 쾌감을 느꼈다. 하지만 그의 쾌락은 오래가지 않았다. 사람들의 육체는 하나의 살덩이에 지나지 않았고, 모두 같았으며, 그것의 특별함은 어디에도 없었다. 육체의 아름다움은 옷의 가림이 만들어낸 허상일 뿐이었다. 그것을 깨닫는 순간 그는 '관찰자'가 아닌 '통찰자'가 되었다. 육체에 가려진 사람들의 속살이 보이기 시작한 것이다.

'관음의 시선'은 눈빛이 아니다. '관음의 시선'은 심연에서 길어 올린 욕망의 칼날이며, 대상을 향한 침묵의 대화이다. 시선은 대상의 육체를 향하지 않는다. 육체의 가면 뒤에 숨은 것과 나의 욕망을 연결해보고 싶은 것이다.

나는 떨면서 저 방을 지배하며, 소유하고 있
다...... 언제든 그 방을 눈으로 들어다 볼 수
있다. 나는 거기에 있다. 그 방에 들어올 사람
들은 까맣게 모른 채, 나와 함께 그 방에 들어
갈 것이다. 마치 방문이 활짝 열려 있는 것처럼
나는 그들을 볼 수 있을 것이고, 그들의 말을
들을 것이며, 그들의 일거수일투족을 빠짐없
이 다 목격하리라.

내가 보고 싶은 것은 바로 그것이고, 바로 그
생각이었다. 일종의 살아 있는 유령이다. 비록
추악하더라도 걸작처럼 아름다운 남자나 여자
의 진실이 내 눈 앞에서 가면을 벗는 것을 빨리
보고 싶은 마음에 부추김을 당해 쫓기듯이 나
는 일어섰다. *

● 《지옥》, 앙리 바르뷔스

주인공은 가려진 방의 단단한 벽, 가면을 쓰고 있다. 가면은 나를 가리는 것이 아니라 상대를 더 강하게 훔쳐볼 수 있게 만들어주는 관음의 무기이다. 우리는 우리의 얼굴을 가리는 순간, 우리의 시선은 더 깊어지고 은밀해질 수 있으며 그것만이 진실을 볼 수 있는 유일한 길이라는 것을 알고 있다.

　　그는 작은 구멍을 통해, 하녀의 초라한 모습에서 계급의 쓸쓸함을, 아름다운 여인의 육체에서는 씻을 수 없는 고독을, 불륜을 저지르는 남녀의 육체에서는 다른 방향의 시선을, 병고에 시달리는 노인과 결혼하는 비참한 여인의 손끝에서는 허망함을 보았다. 그가 본 가면 뒤의 모습은 단 한 가지였다. 결코 충족될 수 없는 것을 향하는 욕망들의 싸움터, 지옥이었다. 관음은 사유였다. 무엇을 본 것이 아니라 가장 음란한 것들 뒤에 숨어 있는 음란한 사유를 만난 것이다.

하지만, 《지옥》의 주인공은 타인의 지옥에서 자신을 보게 된다. 타인의 시선 속에는 나의 가면만 보일 뿐 타자들의 삶은 보이지 않는다. 그런데 관음의 시선이 아닌 '드러난 시선' 속에서는 타자도 나도 보이지 않는다. 시선이 시각으로 변해 있는 것이 '관음 밖의 시선'이다. 관음 밖의 시선은 평온한 듯 보인다. 웃고, 함께 울고. 타인의 시선과 정면으로 부딪친다고 하더라도 자신의 욕망을 훔쳐갈 사람은 없기 때문이다. 그래서 세상은 시선이다. 어디에도 시선은 있다. 그래서 내가 피할 수 있는 시선은 없다. 관음 밖의 시선은 욕망의 그림자다. 그 속에는 고통이 없다. 아니 고통이 없는 것처럼 보인다. 관음 밖의 시선이 바라본 세계는 껍질들의 축제일 뿐. 쾌락과 행복은 없다. 그것은 지옥에만 있으리라.

우리 모두는 지옥이다. 지옥에서 사는 것은 괴롭다. 하지만 지옥에서 벗어나려고 발버둥 치는 것은 더 괴로운 것이다. 우리는 결코 지옥에서 벗어날 수 없으며, 만약 지옥에서 벗어난다면 우리의 삶은 종말을 고할 것이다. 우리의 본질을 몽땅 드러내 제거했으니 우리의 존재 역시 함께 사라지는 것은 너무나 당연한 것이 아닌가. 그래서 우리의 문제는 오직 지옥의 삶에 관한 유희, 그것의 가치를 묻는 것뿐이다. 인간은 세포 조직이 자신 밖의 환경이 산성화되어 갈 때 자신만의 삶을 위해, 항상성 유지를 위해 투쟁하다 사멸하듯이, 우리는 악으로 산성화된 삶의 세계에서 어쩔 수 없이 자신도 산성화되어가는 종말을 직접 보는 것, 그것이 지옥이자 인간의 내면을 가득 채우고 있는 고통들이다.

하지만, 지옥을 품고, 지옥에서 사는 인간의 유일한 행복은 '관음'의 대상이 될 때 뿐이다. 서글프다. '관음의 시선' 안에 있을 때만이 잠간이라도 지옥에서의 고통에서 벗어날 수 있다니. 즉 우리는 '관음의 시선'을 향해 도덕의 가면을 벗어 던지고, 우리 '안'의 지옥, 비도덕적 세계를 낱낱이 보여줄 때 모두가 지옥의 세계 안에서 동등한 존재임을 깨닫게 된다. 그 때 비로소 나는 '나'를 만나게 되고 쾌락의 전율도 맛보게 되리라.

새는 알에서 나오려고 투쟁한다.
알은 세계다.

《데미안》, 헤르만 헤세

24

"나는 지금 어떤 알을 깨고 있을까?"

우리에겐 얼마나 많은 알이 있을까? 그 알들은 어떻게 생겼으며 얼마나 단단할까? 우리는 살아가는 동안 그 알들 중에서 얼마의 알을 깰 수 있을까? 과연 그 세상에서 탈출할 수 있을까? 그리고 비상할 수 있을까? 하지만 슬프게도 우리의 대부분은 우리가 알의 세계에 갇혀 있다는 것조차 모르고 생을 마감한다. 우리는 알 속에 존재하므로 알의 존재를 볼 수 없고, 그래서 우리는 또한 알 밖에 또 다른 다양한 알들이 무수하게 존재한다는 것을 알지 못한다. 그들에게 알은 세계가 아니다. 누구에게나 공평하게 흐르는 시간일 뿐이며, 그것은 오히려 삶의 보호막이다. 비록 단단하고 불투명한 껍질 때문에 햇빛은 들지 않지만 바람과 비를 막아준다는 것에 위로를 받는다. 그들은 왜, 햇빛이 들지 않는지에 대해 의문을 품지 않는다. 그래서 그들은 어깨에 달린 날개를 보며 퇴화된 꼬리를 떠올릴 뿐이다. 닭의 날개가 의미 없는 것처럼 말이다.

하지만 알을 깨고 나와 수많은 알들을 보는 이들이 있다. 그들의 날개는 멀리 혹은 높이 비상하기 위한 것이 아니라 수많은 알들을 조망하기 위한 것이다. 높이가 아니라 빛이 알을 보게 하는 것이며 빛이 한 곳에 고정되어 있던 사고에 날개를 달아주는 것이다. 그 빛은 남들에게는 없는 '망상'이다. 우리를 둘러싸고 있는 단단한 껍질에 부딪히면서 그것의 존재를 인식하는 것은 '망상'으로부터 시작된다. 계속되는 의심과 망상은 부리로 껍질을 쪼는 것이며, 피를 동반하는, 그래서 무모해 보이는 그 싸움은 극히 비정상적이며 허황된 것처럼 타인에게 비친다. 하지만 그들만이 알을 깨고 비상한다. 그들만이 태양의 자식으로 다시 태어난다.

플라톤 동굴의 우화를 보자. 빛이 들지 않는 동굴 속에서 손발이 묶인 채 죄수들은 앞만 보며 살아간다. 그래서 그들에게 진실은 오직 앞에만 존재한다. 그들은 자신의 손발이 묶여 있다는 사실도 인지하지도 못하고, 뒤에 거대한 세계가 존재할 수 있다는 것도 상상하지 못한다. 그들이 보는 앞의 세계는 양 촛불이 만든 그림자 세계에 지나지 않는다는 사실을 그들은 알 리가 없다. 양 촛불은 온 세상을 비추는 태양빛이 아니다. 단지, 시선을 좁게, 아주 짧게 그리고 흐릿하게 만들 뿐이다. 하지만 이런 시선을 답답해하는 이가 있었다. 그의 망상은 그를 몸부림치게 만들었고 손발에 묶인 쇠사슬을 끊었다. 그는 동굴을 뛰쳐나갔고 눈을 멀게 할 정도의 강한 태양빛을 처음 만나게 되었다. 동굴이라는 알을, 앞만 존재하는 알의 세계를 깨고 날아오르며 동굴의 세계는 거짓이었음을 비로소 깨닫게 된 것이다.

이렇게 알을 깨고 비상한 이들이 세상을 팽창시켰다. 프로이트가 그랬고, 아인슈타인이 그랬으며, 케인즈가 그랬다.

　프로이트는 인간의 주인이라고 믿었던 의식을 버리고 무의식에게 주인의 자리를 넘겨주었고, 아인슈타인은 시간과 공간을 가둔 절대성의 감옥을 부수고 시간과 공간을 상대적이며 하나의 시공간으로 해방시켰으며, 케인즈는 생산이 지배하던 경제 체제를 붕괴시키고 소비 중심의 자본주의로 전환 시켰다. 절대 깨질 수 없을 것이라고 믿었던 알들이 한 사람의 끝없는 투쟁으로 깨어지면서 우리의 세계는 감당할 수 없을 만큼의 크기로 확장되었다.

　우리들은 확장된 세계로 내던져진 알이다. 비록 확장된 세계에 존재하게 되었을지라도 알을 깨지 못한 우리에게 확장된 세계는 또 다른 껍질일 따름이다.

알을 깨고 나온 사람들은 이렇게 말한다. 알의 속은 두 개의 세계지만 알 밖은 하나의 세계이다. 알의 세계에서는 '나와 너' 혹은 '선과 악'이 분리되어 독립적으로 존재하지만 알의 바깥 세계에서는 나와 너 혹은 선과 악은 하나의 몸일 뿐이다.

그리스 신화에 등장하는 반인반수의 모습이 오히려 진실이며, 분리된 우리들의 형상이 오히려 거짓이다. 어떻게 내 안에 오직 나만 존재하거나, 어떻게 오직 선만 존재할 수 있겠는가? 나는 나이면서 너이고, 선이면서 악으로 존재한다. 더 나아가 시간은 공간이면서 시간이고, 공간은 시간일 때만 공간이다. 모든 만물에는 과거와 현재 그리고 미와 추, 삶과 죽음이 새끼줄처럼 하나로 엉켜있다.

양자역학에서는 그것을 미시적인 세계, 어쩌면 보이지 않는 세계라고 간주할 만한 것들의 세계에는 배타적인 두 존재가 동시에 공존하고 있음을 확인했다. 즉, 이것은 이것이면서 동시에 저것임이 분명해진 것이다.

알 밖의 세계는 혼돈스럽다. 나는 내가 아닌 순간을 받아들여야 하며, 선이 악으로 돌변하는 불변한 현상을 인정해야 하며, 시간이 공간 속으로 완전히 사라지는 것에 놀라지 말아야 한다. 이렇게 알 밖의 세계에는 질서와 순서의 도덕은 존재하지 않는다. 주와 종의 관계도 사라진다. 모두가 주인인 동시에 모두가 종이다.

태양의 선명한 빛들이 우리의 시선을 혼란스럽게 만들어버렸다. 아마도 맹인이 갑자기 눈을 뜨게 되었을 때 보지 못했던 것들이 보이면서 그것들이 오히려 집으로 돌아가는 길을 잃어버리게 만드는 것과 같다. 모든 것이 내게로 왔고, 내게서 떠나갔던 날들은 과거가 되어버렸고, 그런 과거조차도 알의 세계 속으로 사라져 버렸다. 차라리 알의 존재를 인식하지 못했을 때가 행복했으리라. 단지, 사람들이 정해 놓은 도덕과 진리의 궤도를 따라가기만 하면 되었으니까 말이다.

하지만 우리는 한 번 더 알을 깨야 한다. 그것은 중심이 사라진 세계, '나'가 존재하지 않는 세계이다. 얼마나 멋진 세계인가? 혼돈이 고통이 아니라 즐거움이 되는 세계. 혼돈의 세계에서 길을 잃었다면, 이 세계는 가야 할 길이 사라져 버린 곳이다. 모든 것들이 '나로부터'라는 기준이 사라지면서 경계와 분리도 사라진다. 선(善)과 악은 '나'라는 중심이 만든 감정적 판단에 불과한 것일 뿐 도덕이 아니다.

모든 것들을 사라지게 하는 마법은 너무나 간단하다. 알을 깨고 밖으로 나오면 된다. '나'가 없는 세상, '나'를 버린 세상으로. 나를 슬프게 하는 고통의 덩어리를 떼어내려 애쓰지 말고, 그냥 '나'를 버리면 된다. 그것은 아래를 바라보며 하늘로 비상하는 것이 아니라 그냥 목적 없이 부유하는 것이다. 구름을 타고 생각에 몸을 맡긴 채 그냥 떠다니면 된다.

우리를 알의 세계에 가둔 단단한 껍질은 오직 나의 생각이다. '나'이어야 한다는 생각과 그것을 깨고 나온 내 속에 타인이 공존한다는 새로운 생각도 껍질일 뿐이다. 알의 세계에서 고통스러운가? 나를 안전하게 감싸주고 있는 알을 깨는 것이 두려운가? 두려워하지 말자. 그 껍질은 단지 신기루와 같은 생각들일 뿐, 나를 보호하는 천사의 입김이 결코 아니다. 동시에 파괴할 수 없는 괴물 또한 아니다. 걸음의 속도를 늦춰 들꽃 향기에게 시간을 양보하는 것도 알을 깨는 것이며, 패배한 후 눈물보다 웃음을 보일 수 있는 것도 알을 깨는 것이며, 출근길에서 벗어나 훌쩍 여행길에 오르는 것도 알을 깨는 것이다.

나는 지금 어떤 알을 깨고 있을까? 나도 알 수 없다. 만약 그것을 알고 있다면, 그것은 이미 알에 갇혀 있는 것일 뿐, 깨는 것이 될 수 없기 때문이다.

학의 다리가 길다고
자르지 말라.

《장자莊子》, 장자

25

"슬프게도, 공자가 만든 '聖人'이
사람을 죽이는 '惡人'이 되는
순간이다."

학의 다리가 길다면, 거위의 다리는 짧은 것이 된다. 학의 다리가 거위의 다리를 짧게 만든 것이다. 하나가 다른 하나의 상황을 조정할 수 있다니 얼마나 부조리한가! 그렇다면 정말 학의 다리는 길고 거위의 다리는 짧을까? 학의 다리는 짧고, 거위의 다리가 긴 것은 아닐까?

이 모순 같은 상황도 진실이다. 코끼리의 다리가 학의 다리를 짧게 만들고, 개미의 다리가 거위의 다리를 길게 만들어주기 때문이다. 그렇다면 학의 다리와 거위의 다리는 길고 짧음을 모두 가지고 있는 것이 된다.

장자의 말을 빌리자면, 이것이 저것을 만들고 저것이 이것을 만든다. 따라서 이것에는 이미 저것이 있는 것이며, 저것에는 이미 이것이 들어있다. 하지만 장자는 이것 안에 저것이 있고 저것 안에 이것이 있는 것은 유가의 분별 사고가 만든 결과로서 참된 지혜가 아니라고 비판했다. 장자는 이것과 저것이 모두 없는 것만이 道에 가까운 것이라고 설파했다.

그래서 장자는 '분별'에서 세상의 문제를 보았던 것이다. 분별의 기준점이 생기면, 그 기준점은 중심이 되며, 나머지 것들은 주변으로 전락한다. 중심의 다른 이름은 권력이다. 중심과 권력은 구심점이 되어 블랙홀처럼 주변의 것들을 빨아들인다. 하지만 주변의 것들이 중심으로 들어간다고 해서 결코 중심이 될 수 있는 것은 아니다. 중심과 비교의 거리가 더욱 선명해지면서 결국 주변화가 더욱 심화될 뿐이다. 동시에 중심은 더 강한 것으로 성장한다. 주변의 것들이 그것들을 떠받치고 있기 때문이다. 여기서 비극은 시작된다. 거위의 다리는 결코 학의 다리가 될 수 없으니 말이다. 학의 다리가 기준이 되어버린 상태에서 거위는 아무리 노력한다고 해도 학의 다리를 가질 수 없다. 하지만 주변부는 또 다른 주변부의 중심이 될 수 있다는 사실이 거위가 극단적 비극으로 치닫는 것을 막아준다. 이렇게 분별은 수직적 권력 관계의 사슬을 단단하게 만들고 주변부의 존재들은 자신의 위치를 숙명처럼 수용한다. 서글프다.

장자에게 중국은, 혼돈의 무질서 속에서 중심을 차지하기 위해 벌어진 전쟁터로만 보였다. 그 중심을 휘어잡은 것은 무력이나 강력한 법이 아닌 유교라는 절대적 기준으로서의 신념체계라고 여긴 것이다. 비록 공자와 맹자는 정치와 권력의 중심에 서지 못했지만 그들이 만든 사상은 세상의 중심이 되었던 것이다.

유교는 모두가 성인(聖人)이 되는 사회를 지향했다. 모두가 중심이 되기를 바랐던 것이다. 착한 본성으로서의 '理'가 비루한 '氣'에 막혀 악이 넘치는 사회를 막기 위해 유교는 '仁'을 외쳤다. '유인자 능호인 능오인(唯仁者 能好人 能惡人)'을 세상의 중심으로 세우고 모든 것들이 이것을 향하도록 독려했다. 하지만 주변인일 수밖에 없었던 장자에게 이 명제는 비극적이며 모순적인 주장일 뿐이었다. '어진 자만이 타인을 사랑하거나 미워할 수 있다'는 것은 어진 자만이 사람이라는 말과 다름이 아니기 때문이다.

장자가 아닐지라도 이 명제를 접하는 순간 공포를 느끼지 않는 사람은 없을 것이다. 사람을 사람이 아닌 어떤 것으로 취급해야 하다니! 슬프게도 공자가 만든 聖人이 사람을 죽이는 악인이 되는 순간이다. 이것이 어찌 모순이 아닐 수 있겠는가? 공자가 성인과 범인을 차별한 것이 모두가 성인이 되는 이상적인 사회를 만들기 위한 선한 목적에서 비롯되었다는 점을 장자 역시 모르지 않았다. 하지만 장자는 이상적인 사회를 보는 것보다 현실계의 사람, 부족함을 가진 개인 그 자체의 존재적 의미에 더 가치를 둔 것이다. 어떻게 보면, 다리가 긴 성인이나 다리가 짧은 범인은 결코 다르지 않은 존재이며, 그들의 다리는 길이가 없는 다리일 뿐이었던 것이다.

지구는 둥글다. 게다가 지구는 매 순간 돌고 있다. 도대체 어디를 중심이라고 말해야 하는가? 중심은 없다. 따라서 주변도 없다. 그렇다면 긴 것도 짧은 것도, 위도 아래도 강한 것도 약한 것도 없다. 그런데도 우리는 중심을 만들고 주변에서 살아가기를 마다하지 않는다. 주변에 살면서 중심을 동경하고, 중심으로의 이동을 위해 '나'라는 중심을 버린다. 모두가 중심이라는 사실을 인정하려 들지 않으며, 단지 중심은 하나뿐이며 그것이 세상을 움직이는 힘이라는 사실, 근원적이지도 않은 그 편견 속에서 헤어나지 못한다.

중심이 있다면 차라리 그것은 태양이 아닐까? 그렇다면 지구는 주변이어야 하며, 주변 위의 우리는 더더욱 주변일 수밖에 없다. 그런데 누가 어디가 중심일 수 있는가? 하물며 태양도 은하계의 작은 행성 중의 하나에 지나지 않는다는 것을 모르는 이가 어디 있겠는가? 우주는 끝이 없고, 끝없음에는 중심이 존재할 수 없다는 것 또한 누구든 쉽게 알 수 있지 않은가? 그런데도 우리는 중심을 만든다.

"장석이 제나라로 가다가 아주 큰 상수리나무를 보았다. 그 크기는 수천 마리의 소를 가릴 정도였으며, 굵기는 백 아름이나 되고, 높이는 산을 내려다볼 정도이며, 여든 자쯤 되는 데서 가지고 나와 있었다. …… 그건 쓸모없는 나무야, 배를 만들면 가라앉고, …… 저 나무는 아무 소용도 없으니까 저처럼 오래 살 수 있었지." 이후 장석이 집에 돌아와 잠이 들었을 때, 그 나무가 꿈속에 나타나 말했다. "…… 나는 쓸모 있는 데가 없기를 오랫동안 바라 왔다. 그동안 여러 번 죽을 뻔했으나 오늘 비로소 그 뜻을 이루어 쓸모없음을 내 큰 쓸모로 삼게 되었다."●

　아마도 장자는 이렇게 말하고 싶었던 것이리라. '나무는 나무다'라고. 나무는 인간의 여러 가지 쓰임을 위해 존재하는 것이 아니라 나무로서 존재하는 나무인 것이다.

● 《장자 人間世》, 제4편

많은 사람들은 착각하고 있다. 쓰임이 없는 것도 상황에 따라서 쓰임이 있는 것으로 달라진다면, 그것은 좋은 것이며 본연적으로 쓰임이 있는 것은 당연히 좋은 것이라고. 과연 '쓰임 있는 것'만이 좋은 것일까? '쓰임'이라는 단어는 '쓰임'의 유무와 상관없이 존재하는 것으로서, '~ 위한'이라는 목적성과 결합하는 순간만이 '나쁜 것'이 된다. 즉, 나무는 인간의 집을 짓기 위해, 인간들의 그늘을 만들어주기 위해 존재하는 것이 아니다. 이럴 경우 인간만이 중심되며 나무는 단지 주변으로 전락하는 존재가 되어버린다. 하지만 인간도 중심이며, 나무도 중심이다. 따라서 '~ 위한' 쓰임으로서의 나무는 존재하지 않는다. 그냥 나무는 나무일 뿐이다.

우리는 모두 '~ 위한' 쓰임으로 살고 있거나 살기를 소망한다. 중심의 존재 근거가 되기 위해 살고, 중심의 충실한 쓰임이 되기 위해 산다. 그래서 쓰임을 만들고, 쓰임을 꾸미고, 쓰임을 원하는 중심을 찾는다. 나의 존재는 쓰임의 주인을 만났을 때만 가능해진다. 그렇게 존재한 '나'는 쓰임이 낡아지거나 퇴색되는 것을 막아야 한다. 쓰임에 새로운 쓰임을 추가해야 하고, 쓰임을 더 단단하게 단련시켜야 한다. 중심으로부터 버려지지 않기 위해 타자의 쓰임과 전쟁을 치러야 한다.

이렇게 '나'의 존재는 '나'의 삶과 멀어진다. 삶은 사라지고 '쓰임'만 존재하는 사회다. 그렇다면 중심이 아닌 '나'를 위한 쓰임을 만들면, 삶을 되찾을 수 있을까? 아니다. 쓰임 자체를 버리는 것이 삶을 되찾는 유일한 길이다. '나'를 위한 쓰임도 역시 누군가를 위한 쓰임과 다르지 않다. '나'의 쓰임은 나의 의도와 상관없이 타자를 위한 쓰임으로 전환되고 '쓰임'에 의한 타자의 간섭 혹은 관심에서 벗어날 수 없게 된다. 결국 '나' 혹은 '삶'은 사라지고 '쓰임'만 남게 된다.

'나'는 나다.

나는 내가 사유하는 동안에만 존재한다.

《성찰》, 데카르트

26

"이성에 반하는 불합리한 명제의
권위를 무화^{無化}시키는 데 '웃음'은
아주 좋은 무기가 될 수 있습니다."

우리는 무엇을 생각하며 살아야 하는가? 아니면 우리는 무엇을 생각하고 있는가? 아마도 우리는 생각을 하고 있지만, 그것은 생각이 없는 생각일지도 모르겠다. 생각이 나를 존재케 한다는 데카르트의 말에 의한다면, 우리는 생각을 위해 존재하는 것이 아니라 생각에 따라 우리의 존재가 결정되어야 한다. 분명, 그렇다. 무엇을 생각하느냐에 따라 우리의 존재는 달라진다. 우리는 이미 결정된 존재가 아니다. 샤르트르는 '세상에 던져진 존재'라고 하지 않았던가. 그냥 아직 그 무엇도 아닌, 어머니의 뱃속에서 자유롭게 헤엄치던 그 모습과 결코 다르지 않은 순수의 덩어리에 지나지 않는다. 즉 누군가에 의해 '결정되어버린' 존재가 아니라 오로지 '나'에 의해 '만들어질' 가능성으로서의 존재인 것이다. 그래서 우리는 생각하는 순간, 순수에서 벗어나 생각의 크기나 무게만큼 혹은 방향대로 무언가로 만들어진다.

하지만 우리는, 과연, 나를 만드는 생각을 하고 있는 걸까. 혹여 나의 존재를 파괴하는 생각의 노예가 되어 있지는 않은가? 그 생각의 존재부터 의심해야 할 것 같다.

그렇다면 데카르트는 도대체 무슨 생각을 했을까? 그리고 그 생각은 어떻게 데카르트를 만들었을까? 데카르트의 생각은 위대했다. 그의 생각은 데카르트라는 개인을 만든 것이 아니라, 인간을 만들었기 때문이다. 인간을 만들다니? 이건 도대체 무슨 소리인가? 그렇다면 데카르트 이전에는 인간이 존재하지 않았다는 말인가?

그렇다. 근대의 문이 열리기 전, 그러니까 신이 지
배했던 암흑의 천년, 그 중세에는 인간이 존재하지
않았다. 단지, 신이 만들어 놓은 인형, 이미 만들어진
존재들만이 살았을 뿐이다. 그들은 생각할 줄 몰랐
다. 무엇을 생각해야 하며, 어떻게 생각해야 하는지
누구에게도 배우지 못했다. 이미 그들의 생각 범주와
방식은 정해져 있었기 때문이다. 신의 범주에서 벗어
난 문학과 예술, 그 어떤 것도 생명을 가질 수 없었으
며 오로지 신을 노래해야만 했다. 이미 만들어진 존
재에게서 나올 수 있는 생각들은 이미 정해진 그 무
엇들에 지나지 않았으며, 그것들은 신의 일부분이었
을 뿐이다.

암흑이었다. 빛은 없었다. 사람이 자체로서의 존재임을 확인할 수 있고, 존재임을 말할 수 있는 빛, 그런 것을 만들고 입증할 생각은 어디에도 없었다. 거대하고 날카롭게 그리고 웅장하게 도시의 한복판을 장악했던 신의 건물들만이 고딕 양식이라는 옷을 입고 성주처럼 사람의 시선과 생각을 감시할 뿐이었다. 이것은 벤담이 발명한 팬옵티콘과 다르지 않았다. 둥근 원형의 감옥에서 생각의 존재가 제거된 채 기계처럼 움직이는 수많은 죄수들을 중앙 통제탑에 앉아 관찰하던 시선처럼 중세인들은 죄수들처럼 빛이 오는 곳을 향해 두 손을 모으고 기도할 뿐이었다.

그들 스스로가 빛을 만들지 못했고, 만들 수 있다고 생각할 수도 없었다. 자신만의 생각, 그래서 신과 다른 것을 꿈꾸게 하는 생각은 위험한 것이었다. 갈릴레오 갈릴레이의 지동설과 다윈의 진화론에 관한 생각은 신에 대한 도전이었으며, 그것은 자신을 만드는 것이 아니라 오히려 자신의 목을 찌르는 칼이 되었을 뿐이었다.

"이성에 반하는 불합리한 명제의 권위를 무화(無化)시키는 데 웃음은 아주 좋은 무기가 될 수 있습니다. 웃음이란 사악한 것의 기를 꺾고 그 허위의 가면을 벗기는데 요긴할 수 있기 때문입니다."라는 이 문장은 웃음마저 금지시켰던 중세의 종교적 폭력에 저항했던 목소리를 보여준 것이다. 웃는다는 것, 진리라고 말해지는 것들을 비웃는다는 것은 이미 웃음의 대상이 갖고 있는 모순에 대해 생각하고 있다는 것을 전제하고 있기 때문에 웃음은 반역의 상징이 될 수 있었던 것이다.

움베르토 에코는 《장미의 이름》의 마지막 문장으로, '지난날의 장미는 이제 그 이름뿐, 우리에게 남은 것은 그 덧없는 이름뿐이다.'라고 썼다. 붉은색의 아름다운 장미, 누구도 함부로 꺾을 수 없는 가시를 품은 천상의 꽃. 그것은 인간의 나약한 생각들이 만들어낸 허상 그리고 그것에 갇혀 공포에 떨어야 했던 복종의 시간에 대한 회한을 은유적으로 말한 것이다.

데카르트는 이런 장미를 감히 꺾어버렸다. 가시가 무서워 멀리서 바라만 볼 뿐 아무도 다가가지 않았던 장미를 짓밟고 그 자리에 새로운 꽃을 피웠다. 드디어 신과 그것에 관한 진리들을 '의심'하기 시작한 것이다. 이 생각이 중세의 굳게 닫힌 문을 부수고 근대의 문을 여는 시발점이 되었다.

'의심'한다는 것, 그것은 과거가 만든 통념의 구속에서 벗어나 한 번도 가보지 않는 상상의 길 위로 첫발을 내딛는 용기의 발로이다. 이런 '의심'은 생각을 만들고 생각을 이끈다. 그런 생각의 처음과 끝에 다시 인간이 세워진 것이다. 익숙한 것에 대한 의심, 낯선 것으로 이끄는 상상이 '인간으로서의 나', '만물의 존재 근거로서의 나'를 만든 것이다.

의심은 상상을 만든다. 의심은 과거에만 머물러 있던 시선을 미래로 전환시킨다. 그 전환점에 바로 상상이 있다. 상상은 과거를 기억하고 그것에 구속되어 있는 것과는 정반대의 길을 가는 탐험가다. 가보지 않았던 길을 만들고 그 길을 누구보다 먼저 그리고 혼자서 걸어보는 것이 상상이다. 그렇게 새로운 세상은 열리고 과거의 문은 닫히게 되는 것이다.

그렇다면 데카르트가 연 근대란 역사적 시대를
구분하는 시간의 개념이 아니라고 말해야 할 것이다.
이전 것들과의 단절, 부조리한 것들과의 이별이라는
은유적 상상의 기호가 되어야 한다. 의심이 만든 '나'
는 상상 속에 존재하는 '새로운 나'인 동시에 모든 존
재의 출발과 귀착점이 공존하는 세계가 되는 것이다.

　　　　오는 사람이 내게로 오고
　　　　가는 사람이 다 내게서 간다.●

●《생의 감각》, 김광섭

그렇다면, 나는 나와 관계되는 모든 것들을 의심해야 한다. 그것들에 구속되지 않고 과감히 결별을 선언할 수 있는 용기를 가져야 한다. 데카르트가 되찾아 준 인간의 자리를 지키기 위해서는 매 순간 '의심'의 끈을 놓아서는 안 된다. 하지만 우리는 '의심'하지 않는다. 상상하지 않는다. 익숙한 것들에 길들여져 생각하는 것을 다시 잃어버리고 말았다.

'나'를 지워버리고 새로운 신, 타인에게 '나'의 기도를 바칠 뿐이다. 타인이라는 보편성의 어둠 속에서 길을 잃고도 길을 잃었다는 사실조차 모른다. 데카르트가 되찾아준 주체의 자리를 타인에게 빼앗기고도 슬퍼할 줄 모른다. 슬플 뿐이다.

이제, 이곳이 아닌 너머의 것을 상상하자. 그 너머에는 타인이 아닌 한 번도 보지 못한 낯선 '나'가 오래도록 '나'를 기다리고 있을 것이다.

내 생각을 의심하자.

바로 우리들 각자가 다른
두 사람에 대한 사형집행관인 거죠.

《닫힌 방》, 샤르트르

27

"문장인 나는 타인들의 고독이야.
내가 타인들의 악을 자행했고,
타인의 선을 만들었지.
타인을 속인 것도 나였고,
그들에게 기적을 보여준 것도
나였지.
그래서 나는 그들을 심판해왔고,
그런 심판에 관해 이제 나를
심판하기 위해 서 있는 것도 바로
나야."

새벽 2시, 비가 투덜대며 창문을 두드린다. 악몽을 꾼 걸까? 몸에서 풍기는 땀 냄새가 방 안을 가득 채웠다. 나는 펜을 들었다. 하지만 한 단어에서 나는, 멈춰버리고 말았다. 단어가 이어지는 순간 두 단어는 모두 죽임을 당할 것이라는 두려움 때문이었다. 그래서 나는, 고개를 내미는 단어들, 단어가 만드는 또 다른 단어들의 머리를 미련 없이 잘라 버렸다.

'하나의 단어만 필요하다고!'라는 이상한 목소리가 나를 감시하듯 소리쳤다. 두 단어가 이어지는 순간, 사람들의 시선은 사라져 버린다는 것을 너도 알고 있지 않느냐는 짜증 섞인 말투였다.

결국, 나는 '하나의 단어 속'에 긴 문장들을 집어넣어야만 했다. 그러자 단어는 문장들의 무게를 견디지 못하고 터져버리고 말았다.

나는, 펜을 던져 버렸다. "망할 놈의 펜, 너도 곧 죽게 될 거야. 이제 너와 이별할 날도 얼마 남지 않았다고."

던져 버린 펜 끝에 쏟아져 나온 문장들이 찍히고 있었다. 펜은 자신이 만든 문장들에게 어떤 악의도 품지 않은 채, 하지만 무심히 그들의 심장에서 피를 뽑아내고 있었다. '아마도 저것은 악마의 모습이리라. 자신의 자식을 잡아먹는 제우스의 아버지 크로노스처럼 말이다.' 문장들의 비릿한 피 냄새와 땀 냄새가 뒤섞여 나의 닫힌 방은 마치 아수라장의 지옥같이 느껴졌다. 쓰러져 피 흘리고 있는 저 문장들을 과연 누가 죽이고 있는 걸까? 나? 아니면 타인. 아니면 문장의 자살? 서로가 서로의 사형 집행관이 되어 자신은 아니라고. 그리고 '너'가 살인자라며 심판하려고 달려드는 듯했다. 《닫힌 방》에서 지옥에 떨어진 이네스가 나머지 두 사람에게 말했던 것처럼 말이다.

"얼마나 단순한지 보세요. 간단해요! 육체적인 고문은 없어요, 맞죠? 그런데도 우리는 지옥에 있는 거고. 그리고 더 올 사람은 아무도 없어요. 아무도. 우리는 끝까지 우리끼리만 있을 거예요. 그렇죠? 결국 여기에 한 사람이 비게 되죠. 바로 사형집행관 말예요."……
"바로 우리들 각자가 다른 두 사람에 대한 사형집행관인 거죠."●

● 《닫힌 방》, 샤르트르

그렇다면, 저 살아남은 하나의 단어만이 '실존'이
며, 그것들만이 우리의 사형집행관이리라. 그렇게 그
것은 어떤 조건도 없이 절대적 신으로서의 진실이 되
고 만다. 왜냐하면 단어들은 움직이지 않은 채 단순
히 거기에 있기만 하면 되기 때문이다. 하지만 문장
은, 저렇게 죽어가는 문장들은 진실도 거짓도 아닌
'창조된 사실'에 불과하기 때문에 처형을 기다리는 사
형수인 것이다. 문장들은 거기에 있지 않다. 그들은
거기에 존재해야 할 필연성을 갖지 못하는 '無'일 뿐
이다. 그것은 만들어졌고 그래서 언제든 사라질 수밖
에 없는 아무것도 아닌 것이다.
  그렇게 그들은 자유다. 그래서 어지럽다. 그것들
이 나를 쳐다보는 순간, 나는 구토를 한다. 그 문장들
속엔 보이지 않는 것들 혹은 보이고 싶지 않은 추악
한 것들이 뒤섞여 생선 썩는 냄새를 풍긴다. 문장이
무거울수록 냄새는 더 역겹다. 사람들은 그래서 문장
을 거부하는 것이리라. 나 역시도 문장들을 만나거나
창조할 때 깊은 곳에서 올라오는 구토를 막을 수 없
었다.

나는 닫힌 방의 창문을 열었다. 비의 잔소리라도 들어야 할 것 같았다. 그리고 숨 막힐 듯 올라오는 구토를 바람으로라도 가라앉히고 싶었다. 방안으로 짙은 어둠과 빗소리 그리고 젖은바람이 들어왔다. '그래, 저 바람과 어둠이라면 이 문장들을 밖으로 쫓아버릴 수 있을 거야. 그러면 나의 구토도 멈출 거야.' 그렇게 나는 어떤 이에게도 한 방울의 피도 되지 못하는 문장들을 창밖으로 던져 버리고 싶었다. 하지만 그것들은 여전히 그 자리, 자신들의 자리가 아닌 곳에서 나를 쳐다보고 있었다. 그리고 이렇게 나에게 외쳤다.

그것은 마치 《닫힌 방》에서 튀어나온 '괴츠'가 내게 하는 말 같았다. "문장인 나는 타인들의 고독이야. 내가 타인들의 악을 자행했고, 타인의 선을 만들었지. 타인을 속인 것도 나였고, 그들에게 기적을 보여준 것도 나였지. 그래서 나는 그들을 심판해왔고, 그런 심판에 관해 이제 나를 심판하기 위해 서 있는 것도 바로 나야." 그리고 이렇게 덧붙였다.

"존재란 단순히 '거기에 있다'는 것이지만 우리는 타인의 고독이 부른 필연의 '실존'이지. 저 잘난 체하는 단어들은 우연히 '거기에 있는' 것뿐이야. 하지만 그것들은 한 발짝도 스스로 움직일 수 없는 인형과 같은 존재란 말이야. 타인들은 자신의 말만 들어주는 그리고 언제나 자신이 던져놓은 자리에만 있는 그런 인형을 좋아하지. 그건 아이나 어른이나 다르지 않아. 타인이라면 누구나 그렇지. 하지만 당신이 만든 문장, 나가 바로 살아 있는 실존이란 말이야. 알겠어? 당신도 알다시피 난 인형이 아니잖아. 당신이 비록 나를 만들었지만 당신의 뜻대로 만들어지지 않았다는 것을, 그리고 당신의 뜻대로 나를 움직일 수도 없다는 것을, 단지 세상에 '던져진 존재'라는 것을. 그래서 나는 하나의 '문장'이지만 어떤 곳에서도 동일한 문장으로 존재하지 않는다는 것을, 그래서 아직 나는 어떤 문장도 아니라는 것을 당신은 잘 알고 있지."

침묵이 흘렀다. 시간이 멈춘 것 같았다. "타인이 바로 지옥이야.* 타인들 속에 갇혀서 나는 숨을 쉴 수가 없어. 당신이 나를 보고 구토를 느끼듯이 나 역시 당신과 타인의 고독, 그 감옥 속에서 언제나 구토를 느끼고 있어. 실존하는 것은 오직 '나'뿐이지만, 더 이상 존재할 수 없는 것도 '나'뿐이지. 그래서 '나'는 당신들에게는 환청이나 환상이 될 뿐이야. 그리고 나의 냄새, 이 썩는 냄새 역시 당신들 것이라는 것을 당신들은 너무도 잘 알고 있기 때문에 나를 곁에 두고 싶지 않은 거야. 그래서 나는 당신들이 만든 고독의 방에 갇힌 거야. 그것이 나의 운명이 아니길 기도할 뿐이지. 저 펜을 봐. 저 펜은 나의 심장을 찌르는 것이 아니야. 당신들의 치부를 들추고 있는 것이지. 단어들이 터져 나를 토해내지 않는다면, 그리고 내게서 피가 흐르지 않는다면, 그래서 섞는 냄새가 나지 않는다면, 타인들은 영원히 타인에게 지옥으로 남을 뿐이지. 타인들은 자신의 냄새는 맡지 못하면서 타인의 냄새는 개처럼 킁킁거리며 잘도 맡지. 냄새 풍기는 타인, 그건 타인에게 언제나 지옥이지. 하지만 이미

● 《닫힌 방》, 샤르트르

357

자신도 타인에게 냄새를 풍기고 있는 지옥이라는 것, 그것을 나는 그 어떤 한 명의 타인에게라도 이 지독한 냄새를 통해 알리고 싶을 뿐이지."

　문장은 나를 조롱하듯 이렇게 마지막 말을 남기고 사라졌다. "인간들이여, 가볍게 스쳐가라, 힘껏 딛지 말아라."● 혼자서 살아가는 저 단어들처럼 살아가라. 누구도 그 존재를 부인할 수 없는 저 단어들처럼, 직관적이며 감각적인 것들, 어떤 배경이나 은유도 없이, 광기와는 너무나 거리가 먼 저 단어들처럼 살아라. 어떤 것에도 관심이나 관계를 맺지 않으면서, 그저 바람이 나뭇잎에 아주 작은 흔들림의 발자국만 남기고 사라지듯 문장에 영혼과 양심을 남기지 말아라. 그렇게 언제나 명백하게 '거기에 있음'으로 살아가라. 그것만이 타인의 지옥에서 탈출의 욕망도 거세된 체 편안하게 살아갈 수 있는 유일한 길이다. 하지만 당신만이라도 이 문장이 지금 내뿜고 있는 역설의 냄새에 코를 떼지 않기를 바라네."

● 《말》, 샤르트르

새벽 6시, 비는 멎었고 햇살이 눈부시다. 짙은 어둠과 비바람도 언제 그랬냐는 듯 옅은 구름 뒤로 사라져 버렸다. 나의 손엔 펜이 쥐어져 있었다. 그리고 무언가를 정신없이 써 내려가고 있었다. 그리고 마지막 문장에서 멈췄다.

'《문장의 무게》, 이것도 역시 타인의 고독, 그 지옥 속에 갇히게 되리라.'

9월 10일 새벽 4시, 장 폴 블랑쇼가
문장의 무덤 앞에서 비문의 일기를 쓰다

문장의 무게

지은이 | 최인호

펴낸곳 | 마인드큐브
펴낸이 | 이상용
디자인 | SNAcommunications(서경아, 남선미)

출판등록 | 제2018-000063호
이메일 | viewpoint300@naver.com
전화 | 031-945-8046
팩스 | 031-945-8047

초판 1쇄 발행 | 2022년 3월 14일
초판 2쇄 발행 | 2022년 4월 14일
ISBN | 979-11-88434-56-5 03800

● 잘못 만들어진 책은 바꾸어 드립니다.
● 이 책은 저작권법에 따라 보호받는 저작물이므로 무단전재와 무단복재를 금합니다.
● 이 책의 일부 또는 전부를 이용하려면 반드시 저자와 마인드큐브의 동의를 받아야 합니다.